RÜDIGER FRÖHLICH
JÖRN HINRICHSEN

Die BLUTSPUR der Justitia

NORD-THRILLER

BOYENS

Die Autoren verwenden in Dialogen Schreibweisen, die Soziolekt und Jargon der Figuren wiedergeben und daher nicht der üblichen Rechtschreibung und Grammatik entsprechen.

BOYENS
BUCHVERLAG
ISBN 978-3-8042-1516-0

Umschlaggestaltung: Dörte Kromrei unter Verwendung eines Fotos von Dr. Dirk Meier
Druck: CPI – Clausen & Bosse, Leck
Printed in Germany
Auch als E-Book erhältlich

www.boyens-buchverlag.de

Existunt etiam saepe iniuriae calumnia quadam et nimis callida, sed malitiosa iuris interpretatione

Oftmals aber kommt es zu Ungerechtigkeiten durch eine gewisse Rechtverdrehung und eine zwar sehr kundige, aber böswillige Auslegung des Rechts.

Marcus Tullius Cicero (106–43 v. Chr.)
Von den Pflichten (De officiis), 44 v. Chr.

Prolog

Tarbek bei Neumünster, in der Nacht zum 16.12.

Er hatte seinen dunkelblauen Volvo V70 am Beginn des Feldweges abgestellt, etwas abseits des Schmalenseer Wegs. Da es aber mitten in der Nacht und dazu mit Temperaturen um den Gefrierpunkt lausig kalt war, hatte er keine Sorge, entdeckt zu werden. Allerdings hatte er sich die ganze Sache einfacher vorgestellt. Es waren nur rund 150 Meter bis zu dem Hünengrab und auf Google Earth hatte es wie ein Katzensprung ausgesehen. Doch die Leiche lastete schwer auf seiner Schulter. Der Wind pfiff eisig über das angrenzende Feld und er fluchte leise vor sich hin, denn er war viel zu leicht angezogen. Er hatte mit maximal zehn Minuten kalkuliert und nun mühte er sich schon deutlich länger mit dem toten Körper des ehemaligen Rechtsanwaltes rum. Im Schein seiner kleinen Kopflampe konnte er die ersten Steine des Hünenbetts sehen und auch schon die querliegende Grabkammer, bei der ein Deckenstein fehlte. Somit lag das 2,2 mal 1,2 Meter große Grab jetzt fast offen vor ihm da und Erleichterung stellte sich ein. Es war perfekt, so hatte er sich das vorgestellt. Trotz der Kälte spürte er einen leichten Schweißfilm auf der Stirn, als er die Leiche langsam in die Grabkammer gleiten ließ. Kurz hielt er inne, bevor er ebenfalls in das Grab zum Toten hinabstieg. Er öffnete die Plane, indem er das Klebeband vorsichtig entfernte, was mit seinen Handschuhen keine einfache Aufgabe war. Sorgfältig achtete er darauf, dass nichts liegenblieb und packte alles in eine blaue IKEA-Tasche. Vereinzelte Schneeflocken ließen ihn blinzeln. Kurz beschlich ihn die Angst, dass Reifenspuren zurückbleiben könnten. Aber dafür war der Schneefall noch nicht stark genug und so machte er sich an die Arbeit, sein Werk zu vollenden.

Aus seiner Tasche holte er einen Spiegel mit Griff, den er dem Toten in die Hand legte. Er überstreckte den Kopf, so dass das Kinn in die Höhe zeigte. Den Arm samt Spiegel befestigte er mit einem Draht an der linken Seitenwand des Grabes. Eine aktuelle Ausgabe des Bürgerlichen Gesetzbuches legte er unter die Füße der immer steifer werdenden Leiche. Zuletzt holte er einen kleinen Zettel aus der Jackentasche seines Mantels und überflog kurz den Eid aus der Bundesrechtsanwaltsordnung.

„Ich schwöre bei Gott dem Allmächtigen und Allwissenden, die verfassungsmäßige Ordnung zu wahren und die Pflichten eines Rechtsanwalts gewissenhaft zu erfüllen, so wahr mir Gott helfe."

Er legte ihn auf die Brust des Toten, fixierte ihn mit der rechten Hand, während er mit der linken brutal ein Messer durch den Zettel stieß, so dass dieser wie festgenagelt auf dem Brustkorb verblieb.

Langsam stieg er wieder aus der Kammer und blieb am Rand stehen. Aus der Seitentasche fischte er seine Kamera und schoss zwei Fotos. Zufrieden guckte er auf den Bildschirm und machte sich auf den Weg zurück zum Auto.

Der Schneefall wurde auf der Rückfahrt immer heftiger. In der Dunkelheit war der Weg zu sich nach Hause bei diesem Mistwetter eine wahre Tortur. Sein Job war Knochenarbeit. Er wohnte etwas abseits in der Nähe des Raakmoors, in Hamburg-Poppenbüttel. Schön gelegen. Ein

Idyll mitten in der Weltstadt Hamburg. Sein Haus beim Reiterhof hatte er mit einem hohen Zaun vor den neugierigen Reitermädchen geschützt. Durch den immer höher werdenden Schnee fuhr er durch das Tor zu seiner kleinen Scheune, die er auch als Garage nutzte und als sein OOLG bezeichnete. Für ihn war dies die Instanz über dem OLG, die unanfechtbare Beschlüsse anders regelte. Die blöde Kuh von Verfahrensbeiständin hing noch immer am Giebel. Beim Aussteigen rammte er ihr die Fahrertür in die Beine, so dass die Leiche hin und her baumelte und mit den Füßen gegen das Auto schlug. „Die war nicht nur ein mutiertes Mütter-Monster, sondern auch voll hässlich“, grübelte er. War ja klar, dass die selbst geschieden war und den Hass auf ihren Ex-Mann auf alle anderen Väter übertrug. Aber jetzt erst mal eine Belohnung. Um die dumme Idiotin würde er sich später kümmern. „Und die Betrüger-Richterin Steffi Salz kommt morgen dran!“ Er verschloss das Scheunentor und stapfte zufrieden zu seinem typisch norddeutschen Backsteinhaus.

Es war schön, nach anstrengender Arbeit heimzukommen. Er holte vier Holzscheite und machte den Kamin an. Diese Mist-Kälte. Vor seinem OOLG waren heute wieder zwei Fälle zu aller Zufriedenheit entschieden worden. Nach dieser Instanz kam nichts mehr. Unanfechtbar – das endgültige Ende des Prozesses. Er hüllte sich in seine Decke ein, öffnete einen *Chateauneuf du Pape 2009* und schaltete seine CD „The Chopin-Album“ von Frédéric Chopin und Lang Lang ein. Was für eine herrliche Nacht!

Grausiger Fund

Tarbek, 16.12. am Morgen

Das Polartief Inga schob sich immer weiter über den Norden Deutschlands und die Vorhersagen erwiesen sich wieder einmal als komplett falsch. Dänemark hatte die Wucht des Tiefs abbekommen sollen, aber der kräftige Nordwind drückte die vollen Schneewolken weiter Richtung Deutschland und so hatte es im zweiten Teil der Nacht schon 15 Zentimeter geschneit. Weitere 20 Zentimeter waren angekündigt und so hatte sich Förster Rainer Lichtrein doch auf den Weg gemacht. Nur noch rund sechs Wochen waren übrig, um das Rehwild zu schießen, was dem Wald so zu schaffen machte. Viel zu viele Tiere trieben sich in Schleswig-Holstein rum, zerstörten regelmäßig die gesamten jungen Triebe der Bäume und anderer Pflanzen. Diese Problematik war der Bevölkerung nicht bewusst und so galten Jäger immer als die Mörder von Bambi. So zumindest hatte ihn die Grundschullehrerin seiner Tochter Emelie beschimpft.

Lichtrein saß auf dem Hochstuhl, gut eingepackt in seine Winterausrüstung und schaute durch das Zielfernrohr seines Strasser Jagdgewehrs. Sein Blick glitt über das weite Feld vor dem Hünengrab Richtung Süden und nur schwer war bei dem Schneegestöber etwas auszumachen. Normalerweise waren die rund zweihundert Meter kein Problem, heute aber schon. Deswegen hatte er den Wind im Rücken gewählt, in der Hoffnung, dass die Kugel so besser in der Flugbahn blieb. Der erfahrene Förster war seit zwanzig Jahren auch Jäger und wusste, dass die Rehe bei diesem Wetter gerne den Schutz des Knicks am Feldrand suchten. Und richtig, er brauchte nicht lange zu warten. Von Westen her kam eine kleine Gruppe Rehe und näherte sich dem langen Knick am Rande des Hünengrabes. Lichtrein stellte erneut am Zielfernrohr die geschätzte Entfernung ein, fokussierte ausgiebig und schoss. Fast hatte er das Gefühl, als ob der Schnee die Schallwellen sofort verschluckte, so leise lief alles ab. Er packte seinen Rucksack auf die Schultern und hoffte auf einen Volltreffer, damit ihm eine lange Nachsuche bei diesem Wetter erspart blieb. Schnell überquerte er das Feld, während er Schnee und Wind schutzlos ausgeliefert war. Zum Glück schloss der Kragen seiner Winterjacke direkt unter der Nase und von oben wärmte ihn die selbst gestrickte Wollmütze seiner Großmutter. Als er sich den äußeren Steinen des Hünenbetts näherte, sah er das tote Reh direkt an der über 5000 Jahre alten Grabkammer liegen. Kurz dachte er an seine Jugend und wie oft sie hier nachts Mutproben durchgeführt hatten und eine leichte Gänsehaut legte sich über seinen Körper. Was ihn aber gänzlich erstarren ließ, waren nicht seine Erinnerungen, sondern ein steifgefrorener Arm mit einem Spiegel in der Hand, der am Rand der Grabkammer festgenagelt schien und aus dem Schnee herausragte.

Der Ersten Kriminalhauptkommissarin Kathrin van Busche war kalt und zwar richtig kalt. Eigentlich fror sie im Winter immer, außer vor ihrem Kamin in Kiel-Altenholz, aber sie war eindeutig ein Kind des Sommers, was an ihren französischen Wurzeln liegen mochte. Sie stapfte den kleinen, zugeschneiten Weg zum Hünengrab, wo sie von Kriminalobermeister Aslan erwartet wurde. Im Prinzip war das hier ein Fall für die Segeberger Kripo, aber da diese komplett in den Brand der Asylbewerberunterkunft in Boostedt eingebunden war, sollte die Kieler Kripo aushelfen. Kurz hinter ihr ging Kriminalkommissarin Angelica Scholz, die Hände ebenfalls tief in den Jackentaschen vergraben. Aslan kam ihnen entgegen und schoss wie wild Fotos mit seinem Smartphone. Im Hintergrund lehnte Förster Lichtrein an einem Baum, zwar etwas weiß um die Nase, aber durchaus eine imposante Gestalt, wie van Busche feststellte.

„Hallo Frau van Busche“, rief der eifrige Aslan, als er auf sie zueilte.

„Ich hab schon alles fotografiert. Keine Spuren zu sehen, nur meine und die vom Förster.“ Dabei wedelte er wild mit seinem Telefon in Richtung Knick.

„Der Mörder muss die Leiche also schon vor ein Uhr hergebracht haben, da begann der Schneefall. Hab’ ich grad auf meinem Smartphone gecheckt.“

„Oder der Mörder steht direkt hinter Ihnen am Baum“, entgegnete die Kommissarin trocken, während Lichtrein die Gesichtszüge entglitten.

„Aber, aber … ich hab doch …“, stammelte dieser.

„Schon gut, war ein Scherz. Bei dieser Kälte friert mir leider immer die Diplomatie ein. Schauen wir uns das mal an. Sie bleiben bitte, wo Sie sind.“

Immer noch trieben Schneeschauer fast quer über das Feld und landeten weich auf der dicker werdenden Schneedecke. Van Busche trat an das circa fünfzig Zentimeter tiefe Hünengrab ran und blickte auf die starre Hand mit dem Spiegel in der Hand.

Scholz stand neben ihr und zog nun ihrerseits das Smartphone aus der Tasche. Allerdings filmte sie die ganze Szenerie und beschränkte sich nicht auf Fotos.

„Wann haben Sie die Person gefunden?“, fragte van Busche über ihre Schulter.

Lichtrein räusperte sich, schaute auf seine Uhr.

„Ziemlich genau vor 'ner Stunde. Ich bin erst noch runter und hab geschaut, ob der noch lebt. War aber schon eisekalt."

„Sie hab'n die Leiche angefasst?" Scholz schaute entgeistert zum Förster.

„Na ja, da wusst ich ja noch nich, dass sie tot ist."

Scholz brummte etwas und filmte aufmerksam weiter.

Van Busche nickte, griff zum Telefon und rief Hinrichs von der Forensik an.

„Wir brauchen ein Zelt und zwar schnell", beendete sie das Telefonat.

Die Forensiker hatten neunzig Minuten von Kiel nach Tarbek gebraucht. Der Wintereinbruch kam wie jedes Jahr wieder völlig überraschend und führte zu totalem Chaos auf den Straßen. Autos mit Sommerreifen standen quer, die Straßenmeisterei bequemte sich gegen zehn Uhr in ihre Streufahrzeuge, um später zu beteuern, das wäre nicht zu erwarten gewesen. Deutschland lernte nie dazu.

Dementsprechend angesäuert kam Dr. Niels Hinrichs zum Fundort und meckerte über alles und jeden. Als er allerdings die Plane sah, die Lichtrein und Aslan zwischen den Bäumen gespannt hatten, keimte so etwas wie Zuversicht in ihm auf.

„Es gibt wohl doch noch Leute, die mitdenken", piepste er mit seiner originellen Stimme, die häufig dazu führte, dass er unterschätzt wurde, dabei hatte er deutschlandweit einen exzellenten Ruf.

Während er und sein Team sich an die Arbeit machten, begaben sich van Busche, Scholz und Lichtrein zum VW-Bus, um sich aufzuwärmen. Dabei folgte ihnen der eifrige

Aslan, der sich irgendwie noch durch die Tür quetschte. Van Busche brachte es nicht übers Herz, den wuseligen Polizisten bei dieser Kälte wieder vor die Tür zu schicken und schenkte allen einen Kaffee aus der Thermoskanne ein.

Lichtrein schilderte ausführlich, wie es zu dem Fund gekommen war und zu diesem Zeitpunkt sah van Busche auch keinen Grund, an seiner Geschichte zu zweifeln.

„Wie oft kommen im Winter Leute hierher?“, wollte die Kommissarin vom Förster wissen.

„Um diese Jahreszeit? So gut wie keiner. Höchstens ein paar Leute ausm Dorf mit ihrem Hund. Aber bei dem Wetter niemand. Ich hab jedenfalls keinen gesehen und saß schon ’ne Stunde auf meinem Hochsitz.“

„Und andre Jäger?“, hakte Scholz nach.

„Die gibt’s schon. Aber wir haben uns das Gebiet hier etwas aufgeteilt. Bei den Hünengräbern bin nur ich, normalerweise jedenfalls.“

„Der is nich von hier“, mischte sich Kriminalobermeister Aslan ein.

„Wie komm Sie denn darauf? Man kann doch nur den Arm sehen?“, fragte van Busche.

„Ja, aber der Ärmel reicht mir. Armani. Mein Onkel hat ’ne Schneiderei in der Türkei. Und Rolex am Handgelenk. So was gibt’s hier nich“, erklärte Aslan im Brustton der Überzeugung.

Die Kommissarin schmunzelte, konnte den Gedankengang aber nicht von der Hand weisen. Fixer Kerl dachte sie.

Die Tür des Busses wurde aufgeschoben und Hinrichs quetschte sich noch mit auf die Bank, begleitet von einer Wolke aus wirbelnden Schneeflocken.

„Scheiße, ist das kalt“, piepste er, „habt ihr noch ’nen Kaffee für mich?“

Scholz schenkte ihm ein und alle warteten gespannt, was die erste Untersuchung ergeben hatte.

„Sehr merkwürdig, sehr merkwürdig. Also, wir haben die Leiche mal freigelegt, heißt, den Schnee abgetragen. Hier ein Foto.“

Van Busche schaute auf das Bild mit dem eigentümlichen Arrangement.

„Was steht auf dem Papier?“, wollte die Kommissarin wissen.

Van Busche blickte sich um und bat Lichtrein, den Bus zu verlassen.

Hinrichs präsentierte ein weiteres Foto mit dem Text.

„Das ist der Anwaltseid!“, rief Scholz.

„Den kenn ich. Ich war zur Vereidigung meines Bruders.“

„Richtig“, bestätigte Hinrichs und zeigte eine Visitenkarte im Plastikumschlag. „Die haben wir im Portemonnaie des Toten gefunden. Ferdinand von Rotenstein, Anwalt aus Kiel. Ist ziemlich häufig in der Presse. Sein Ausweis war auch dabei.“

Van Busche schaute sich die Karte an.

„Mögliche Todesursache?“

„Kann ich nicht abschließend sagen. Aber nach ersten Erkenntnissen Tod durch Genickbruch. Er wurde wahrscheinlich erhängt. Das Messer hat er erst in die Brust bekommen, als er schon länger tot war.“

Hinrichs schaute in die Runde.

„Voll cool, echt krasses Verbrechen.“

Aslan freute sich wie ein Junge, der sein erstes Fahrrad geschenkt bekommen hatte.

Einmal das OOLG sehen und dann sterben

Hamburg-Poppenbüttel, 16.12. um 14.25 Uhr

Sein Urteil stand schon vor der mündlichen Anhörung fest. Tod durch Erhängen. Er hatte sie schon vor 20 Minuten von oben aus dem Fenster gesehen. Überpünktlich. Die war so blöd, das wussten auch alle Rechtsanwälte in ganz Hamburg. Aber jetzt hat die dümmste Richterin der Stadt wirklich geglaubt, dass sie zum OLG wegbefördert werden sollte. Unfassbar blöd, die Niete!

Steffi Salz ging durch den Schnee zu seinem roten Backsteinhaus. Sie trug einen eleganten hellbraunen Mantel, dazu einen Rock und lange Stiefel. So ganz hatte er ja auch nicht gelogen. OLG oder OOLG, das war semantisch kein großer Unterschied, inhaltlich aber schon, wie sie bald feststellen würde. Aus seiner Küchenschublade holte er den Eid für Richter und das Messer. Er hatte auch dieses Verfahren gut vorbereitet.

Was Steffi Salz gemauschelt und betrogen hatte, ging auf keine Kuhhaut. Über Jahre immer die dicke hässliche Verfahrensbeiständin bestellt, die den Vätern grundsätzlich das Sorgerecht entzogen hatte. Es gab Beschwerden über Beschwerden. Dreimal sollte sie wegen Rechtsbeugung ins Gefängnis – immer schützte sie der befreundete Staatsanwalt. Sogar Kohle floss von der in der Scheune baumelnde Anwältin der Kinder an Salz. Es fing mit Urlaubseinladungen für die großartige Vermittlung von Fällen an und wurde später pauschal mit 200 Euro pro Fall vergütet – in Cash. Damit es keine Spuren gab. Meist gab es zwei oder drei Verfahren. Die Summe hing von der Anzahl der Kinder ab. Es war ein prächtiges Geschäft für Anwälte und Gutachter mit dem Geld der Eltern. Richter sind ja so unabhängig. Sie fühlen sich wie Gott und dürfen als Verfahrensbeistand oder Gutachter bestellen, wen sie wollen. Verteilungsplan? Fehlanzeige! Ein Vater aus Hamburg-Eimsbüttel hatte sich erschossen. Neben ihm das Gutachten der Rechtsmedizin, das belegte, dass er die Kinder nicht vergewaltigt hatte. Doch das war Steffi Salz egal. Im Namen des Volkes wurde ihm das Sorgerecht für seine Kinder entzogen und der Umgang ausgeschlossen. Der Beschluss war unanfechtbar. Doch er fand, heute wird die Sache neu verhandelt, vor dem OOLG.

Es klingelte. Er ließ sie bewusst lange warten. Steffi Salz schaute auf die Uhr. Sie war fünf Minuten zu früh. Die Richterin überlegte. Sie klingelte erneut. Tick Tack. Tick Tack. Die Sekunden vergingen langsam, sehr langsam. Er ließ sie wieder warten und freute sich diebisch über ihre Unsicherheit.

„Die hat bestimmt einen braunen Strich im Höschen."

Salz überlegte, ob sie zurück zu ihrem Audi A6 gehen sollte. Jetzt war es 14.29 Uhr. Sie klingelte nun zum dritten Mal. Er machte auf.

„Ah, die hochverehrte Richterin Steffi Salz", log er. „Ich bin über alle Maßen erfreut. Ihr exzellenter Ruf eilt Ihnen ja voraus. Kommen Sie doch bitte rein."

Salz lächelte. Sie war für eine Frau mit 1,79 Metern sehr groß. Nicht unattraktiv. Aber auch nicht sonderlich hübsch. Er nahm ihr ganz Gentleman den schicken Mantel ab.

„Danke", sagte die Richterin und lächelte ihn verlegen an.

„Wissen Sie, verehrte Richterin Salz, gerade am OLG sind herausragende Persönlichkeiten in der Rechtsprechung gefragt, die sich auch mal gegen Widerstände durchsetzen."

Sie lächelte erneut. Er führte sie zum Wohnzimmer und bat sie mit einladender Geste, sich zu setzen.

„Höchst verehrte Richterin Salz. Mögen Sie einen Kaffee? Ein Wasser? Oder ein Gläschen französischen, exzellenten Rotwein?", fragte er. „Mittag ist ja schon rum. Und es gibt einen Grund zu feiern."

Erneut war Salz unsicher.

„Danke. Ich nehme erstmal einen Kaffee, bitte mit Milch und Zucker", antwortete die Richterin.

„Wie kommt es denn, dass Sie solche Jobs vermitteln? Das ist doch ungewöhnlich."

Er lächelte. „Ich habe eine Beratungsagentur gegründet – speziell für Entscheider in der Justiz."

Steffi Salz schaute irritiert auf den Holztisch, auf dem der Richtereid sowie das Messer offen herumlagen.

„Ich schwöre, das Richteramt getreu dem Grundgesetz der Bundesrepublik Deutschland und getreu dem Gesetz auszuüben, nach bestem Wissen und Gewissen ohne Ansehen der Person zu urteilen und nur der Wahrheit und Gerechtigkeit zu dienen, so wahr mir Gott helfe."

„Das ist der Richtereid, Deutsches Richtergesetz Paragraph 38", sagte er. „Ach, und das Messer. Das ist vom Schnitzen. Das mache ich gerne zur Beruhigung in meiner Freizeit im Garten."

Die Richterin schaute irritiert. Er verließ das Wohnzimmer.

Kurze Zeit später kam er dennoch mit zwei Gläsern Rotwein zurück, ohne Kaffee. Es ging um Macht. Um Angewandte Psychologie. Um Gerechtigkeit. Seine Gedanken waren schon weiter. Er liebte es, wenn sie aufgeknöpft am Giebel zuckten. Diese Langsamkeit, wenn es zu Ende geht.

„Ich wollte doch einen Kaffee“, erklärte Salz und wollte erstmals in der mündlichen Verhandlung, die schon längst begonnen hatte, Einspruch einlegen.

Aber sie hatte keine Kontrolle mehr über ihre Zukunft. Hier vor dem OOLG bestimmte er.

„Es ist eine schöne Überraschung für Sie, verehrte Richterin“, erwiderte er ganz ruhig. „Es geht nicht nur um die Beförderung zum OLG, sondern sogar um den Vorsitz.“

„Was ist denn mit Richterin Schwarzewald?“, fragte Steffi Salz überrascht.

„Ja, das ist natürlich mein Vorteil“, entgegnete er selbstsicher. „Als Berater muss ich immer besser informiert sein. Man muss den vierten Schritt machen, wenn alle anderen noch den ersten Schritt gedanklich verarbeiten.“

„Und Schwarzewald hatte eh nicht das Format von Ihnen, Sie sind ja auch selbst Mutter und Katholikin“, ergänzte er. „Und Kinder gehören zur Mutter, sein wir doch mal ehrlich.“

„Ja, das sehe ich auch so, auch wenn man das heute nicht mehr offen sagen darf“, sagte Steffi Salz. „Das ist ja von der Biologie her so ausgedacht worden.“

„Schön, dass wir uns so gut verstehen“, log er. „Männer können doch auch nicht kochen und machen doch jeden Handgriff falsch bei Kindern.“

Sie nickte. Jetzt wirkte die Richterin Steffi Salz ganz befreit, nahm einen kräftigen Schluck Rotwein. „Und, ist es denn auch sicher, dass das klappt?"

„Ja, logisch", antwortete er. „Was soll denn noch dazwischenkommen? Der kleine Test vor dem OOLG? Ach was, doch nicht bei einer so einzigartigen Richterin, wie Sie es sind!"

„OOLG?", fragte sie skeptisch.

„Ja", sagte er. „Das ist aber nur ganz bescheiden. Von mir in meiner kleinen ausgebauten Scheune. Ich nenne es Ob Oberlandesgericht oder Ober-Oberlandesgericht, kurz OOLG."

„Und was muss ich da machen?", fragte Steffi Salz sichtlich besorgt.

„Keine Sorge, nur ein zwei Fragen", erklärte er ruhig und bat sie aufzustehen. „Wir gehen einfach mal rüber."

Er nahm den Eid für Richter und das Messer. Das Seil und den Knebel hatte er bereits in der Scheune für die mündliche Verhandlung vorbereitet.

„Nehmen Sie ruhig Ihren eleganten Mantel. Es ist kalt in der Scheune."

Er half ihr ganz Gentleman like in den schicken, hellbraunen Mantel. Sie gingen hinüber. Als er die Tür öffnete, sah man die Verfahrensbeiständin schon am Giebel baumeln. Ein unfassbar lauter Schrei. Er ging durch Mark und Bein. Es ging rasend schnell. Er schmiss sich auf sie und riss sie mit in die Scheune, packte ihre Arme und zog die Fesseln brutal fest, stopfte mit dem Knebel ihr elendes Richterin-Maul. Der Beschluss vor dem OOLG war unanfechtbar. Da wollte er der Verteidigung nicht mehr das Wort erteilen.

Es klingelte am Tor. Die Richterin Steffi Salz lag gefesselt am dreckigen Boden der Scheune, über ihr hing die tote Verfahrensbeiständin.

Er klopfte sich den Dreck von seinen Klamotten und nahm sich die DVD-Hülle. Das Verfahren war gut, bis ins letzte Detail vorbereitet worden. Das Urteil musste nur noch vollstreckt werden. Er ging hinaus, machte das Tor zur Scheune nur einen winzigen Spalt auf, huschte hindurch und ging zum Eingang.

Es war eine von den jungen Reitlehrerinnen, Annika.

„Wir ham nen lauten Schrei gehört. Is alles okay bei Ihnen?", fragte Annika.

„Ja, danke der Nachfrage", antwortete er. „Ich hab's wohl wieder übertrieben mit der Lautstärke." Er zeigte auf das DVD-Cover des Klassikers Shining. „Ich liebe Horror. Ist von Stanley Kubrick hervorragend verfilmt worden, nach dem Roman von Stephen King."

„Ach, dann ist ja alles gut", antwortete Annika.

„Falls Sie auch mal Lust haben?", sagte er und wedelte mit der DVD-Hülle.

„Nein danke, das is nix für mich." Sie erklärte, dass sie heute auch noch durchgängig bis 19 Uhr Reitunterricht geben werde. Dann verschwand sie wieder Richtung Reithalle.

Er ging zurück in die Scheune. Da lag sie im Dreck. Er machte den Henkersknoten um ihren Hals und warf das Seil um den Balken – genau neben der vor sich hin baumelnden, toten Verfahrensbeiständin. Dann las er den Richtereid ganz langsam vor.

„Ich schwöre, das Richteramt getreu dem Grundgesetz der Bundesrepublik Deutschland und getreu dem Gesetz aus-

zuüben, nach bestem Wissen und Gewissen ohne Ansehen der Person zu urteilen und nur der Wahrheit und Gerechtigkeit zu dienen, so wahr mir Gott helfe."

„Höchst verehrte Richterin Steffi Salz. Sie haben gegen diesen Eid verstoßen", erklärte er. „Das Gericht hat als Strafe festgelegt: Tod durch Erhängen. Dieser Beschluss ist unanfechtbar."

Er zog das Seil höher und höher. Kurz stand die Richterin, dann war sie in der Luft. Er mochte das. Dieser Blick der Augen kurz vor dem Tod. Dann dieses Zucken …

Alexei Gromow

Hamburg vor fünf Jahren

Polizeioberkommissar Alexei Gromow saß in einem grauen VW Passat in der Trommelstraße gegenüber der Eckkneipe Holsten-Schwemme. Sein Sitznachbar in dem unscheinbaren Auto war Polizeihauptkommissar Hubertus Stührwoldt-Vestermann, der Sohn des Hamburger Polizeipräsidenten und aus Gromows Sicht ein absoluter Versager. Leider war er auch sein Vorgesetzter, obwohl er deutlich weniger Dienstjahre auf dem Buckel hatte. Zwar war Gromow mit 30 Jahren noch drei Jahre jünger, aber er hatte sich über den mittleren Dienst in den gehobenen Dienst hochgearbeitet. Davon die letzten zwei Jahre als Zivilfahnder auf der Reeperbahn. Das konnte man von Stührwoldt-Vestermann nun nicht behaupten, aber Blut war seit jeher dicker als Wasser. Die vier Sterne auf der Schulter hatte er sich aus der Sicht der meisten Kolleginnen und Kollegen jedenfalls nicht verdient. Trotzdem galt Gromow als der heimliche Star der Hamburger Kripo. Seine Ermittlungen hatten zu großen Erfolgen geführt. Nicht zuletzt die schnelle Verhaftung des Taximörders Rilwan C. Der Fall hatte für bundesweite Schlagzeilen gesorgt.

Dies war dem selbstverliebten Stührwoldt-Vestermann allerdings ein Dorn im Auge, denn er sah seine eigene Karriere bedroht. Also teilte er sich regelmäßig Gromow zu, um ihn zu schikanieren und in der Hoffnung, dass dieser mal einen Fehler begehen würde.

„Holst du mal Kaffee, mit Milch und Zucker?! Ich sterbe vor Langeweile, Kleiner.“

Obwohl er mit 1,83m nur unwesentlich kleiner war als sein Chef, war das dessen Lieblingsanrede, während er mit seiner Ray-Ban und den schmalzigen Haaren in Richtung des Untergebenen guckte. Wahrscheinlich war er als Kind zu wenig gelobt worden und nun musste er die Leute aus seinem Umfeld möglichst klein halten.

Gromow stieg ohne etwas zu erwidern aus und atmete die Hamburger Nachtluft ein. Er war froh, aus dem Auto zu kommen, sonst hätte er sich ganz sicher geweigert. Er war schließlich kein Laufbursche. Aber jetzt ließ der die Geräusche der Großstadt auf sich wirken und machte sich auf den Weg. Die Trommelstraße lag in unmittelbarer Nähe der Reeperbahn und hier herrschte auch nach Mitternacht oder gerade nach Mitternacht noch geschäftiges Treiben.

„Na Blonder, haste Lust auf nen unglaublich geilen Ritt?“, hauchte ihn eine spärlich bekleidete Brünette vor einem rötlich beleuchteten Haus an. Dabei öffnete sie lasziv ihre Lippen und fuhr sich mit der Zunge drüber.

„Ne, lass ma Süße, der Cowboy hat heute frei“, erwiderte er, während er ihr einen kleinen Blick auf die Dienstmarke in seiner Hand gönnte.

„Glaubste, du bist der erste Bulle, der ne Reitstunde nimmt?“ Dabei blickte sie ihn herausfordernd an. „Der Lackaffe aus deiner Karre is jedenfalls regelmäßig hier.“

Gromow stutzte kurz, winke ab und ging weiter.

In der Lincolnstraße gab es eine kleine Pizza Bude und er bestellte zwei Kaffee. Da sie noch ein paar Stunden vor sich hatten, trank er seinen stark und schwarz. Den von Stührwoldt-Vestermann versüßte er mit sechs Stückchen Zucker und einem ordentlichen Hieb Milch. Die Rache des kleinen Mannes.

Er ließ sich so viel Zeit wie möglich, um seine kurze Freiheit zu genießen. Sein Chef benutze ein schweres und süßes Parfum und das tonnenweise, so dass er regelmäßig Kopfschmerzen bekam, wenn er mit dem Idioten im Auto saß.

Die Brünette zog gerade mit einem typisch deutschen Familienvater ab, dem der Sabber aus den Mundwinkeln lief. Irgendwo in der Nachbarschaft hörte er eine Polizeisirene, dazu das Stimmengewirr der ganzen Nachtschwärmer.

Gromow liebte das Viertel, Hamburg und die laue Nacht, er liebte seinen Job. Nur leider wurde er aus einem unerfindlichen Grund mit einem schwachsinnigen Vorgesetzten mit den besten Verbindungen gestraft.

Die nächsten zwei fürs Hünengrab in Tarbek

Feldweg in Tarbek, 17.12. in der Nacht

Er war doch genial. Da würden die nie draufkommen. Er hatte seinen dunkelblauen Volvo V70 wieder am Beginn des Feldweges abgestellt. Es schneite, das war nicht gut wegen der Spuren. Sorgsam band er zwei Plastiktüten über seine Schuhe und befestigte sie mit Klebeband knapp unter seinen Knien. Dann die Handschuhe. Hinten lagen die beiden. In Plastikplane. Es war erneut lausig kalt. Ob beide reinpassten? Was war mit den Reifenspuren? Er würde morgen einen Reifenwechsel machen. Auf Ganzjahresreifen wechseln, ganz einfach. Oder den Volvo verkaufen?

Er begann mit der fetten, hässlichen Verfahrensbeiständin. Immer lieber das Unangenehmste zuerst. Die rund 150 Meter bis zu dem Hünengrab waren die Hölle. Die Leiche der fetten Kuh lastete schwer auf seiner Schulter. Er rutschte auch immer wieder wegen der Plastiktüten aus. Egal, er würde schon hochkommen. Er suchte sich Steine auf dem Weg, um nicht wegzurutschen. Im Schein seiner kleinen Kopflampe kam er Schritt für Schritt voran. Nun fluchte er laut vor sich hin, wie schwer war das dumme Arschloch von Anwältin denn bitte? Er konnte die ersten Steine des Hünenbetts sehen und auch schon die querliegende Grabkammer. Es war genau wie gestern. Unheimlich. Die Polizei hatte alles schön ordentlich aufgeräumt. Als ob hier nie was gewesen wäre. Der Wind pfiff eisig. Er ließ die Leiche der Verfahrensbeiständin ins Grab gleiten. Endlich geschafft. Er stieg hinab zum Grab, öffnete die Plane, indem er das Klebeband vorsichtig entfernte. Dann rammte er der toten Frau mit voller Kraft das Messer ins Herz – daran angeheftet der Anwaltseid.

„Ich schwöre bei Gott dem Allmächtigen und Allwissenden, die verfassungsmäßige Ordnung zu wahren und die Pflichten eines Rechtsanwalts gewissenhaft zu erfüllen, so wahr mir Gott helfe.“

Er las den Eid leise vor. Diese Zeit musste sein. Man musste sie sich nehmen, auch wenn die nächste Leiche wartete. Wegen des Anstandes. Das 2,2 mal 1,2 Meter große Grab war zu klein für beide. Er würde die saudumme, tote Richterin einfach oben drauflegen. Er ging wieder runter und passte höllisch auf, dass er nicht ausrutschte. Diese Scheiß-Plastiktüten. Sein Werk musste vollendet werden. Unten angekommen holte er die leblose Steffi Salz in ihrer Plastikplane aus dem Kofferraum. Auch sie war nicht leicht. Zwar dünn, aber groß. Nochmal konnte er sich dieses Hünengrab nicht leisten. Das war klar. Aber er hatte sich schon längst andere wirklich schöne Hünengräber in Schleswig-Holstein ausgesucht. Es war alles gut vorbereitet. Der Wind pfiff oben weiterhin eisig kalt. Er ließ die Leiche der Richterin Steffi Salz ebenfalls ins Grab gleiten. Sie lag etwas quer, weil der Untergrund mit der Verfahrensbeiständin einfach nicht eben war. Er stieg erneut hinab zum Grab, öffnete die Plane und entfernte das Klebeband vorsichtig. Alles kam wieder in die blaue IKEA-Plastiktüte. Aus seiner Tasche holte er einen Spiegel mit Griff, den er der Toten in die Hand legte. Er überstreckte den Kopf, so dass das Kinn in die Höhe zeigte. Den Arm samt Spiegel befestigte er mit einem Draht an der linken Seitenwand des Grabes. Eine aktuelle Ausgabe des Bürgerlichen

Gesetzbuches legte er wieder ins Grab. Er las den Eid der Richter langsam vor.

„Ich schwöre, das Richteramt getreu dem Grundgesetz der Bundesrepublik Deutschland und getreu dem Gesetz auszuüben, nach bestem Wissen und Gewissen ohne Ansehen der Person zu urteilen und nur der Wahrheit und Gerechtigkeit zu dienen, so wahr mir Gott helfe."

Dann rammte er auch Steffi Salz mit großer Wucht das Messer mit dem daran anhängenden Eid ins Herz.

Kathrin van Busche ist sauer, richtig sauer

Bezirkskriminalinspektion Kiel, 17.12. um 8.50 Uhr

Die Erste Kriminalhauptkommissarin Kathrin van Busche war hundemüde. Und wütend. Äußerst wütend. Die zweite Nacht hintereinander hoch. Wieder in dieses verfluchte Tarbek. Wieder Tote, diesmal gleich zwei. Richterin und Anwältin. Und Liebig hatte gerade angerufen.

„Ich brauch diese ganzen toten Juristen nicht in meinem Land, nicht in Schleswig-Holstein."

Ach, was. Aber van Busche war auch sauer auf sich selbst. Zweimal ins gleiche Grab. Der hatte sie verarscht. Oder die? Aber wer hätte das wissen können? Der werte Landespolizeidirektor Wolfgang Liebig bestimmt auch nicht. Sie wettete drauf, dass er einen Anruf von Innenminister Franke bekommen hatte. Todsicher. In zehn Minuten war Besprechung. Aus dem kleinen Team wurde nichts. Das Zauberwort hieß SOKO. SOKO Juristenmörder. War zwar nicht kreativ, aber passte ja. Zwei tote Rechtsanwälte, eine tote Richterin. Das war definitiv kein Zufall. Und SOKO kam auch gut bei der Presse an. Das sah nach geplanter Operation aus.

Ferdinand von Rotenstein war 40 Jahre alt, offenbar ein äußerst selbstverliebter Rechtsanwalt. Von Natur aus reich. Kanzlei in Kiel-Düsternbrook. Auf seiner Homepage stand „Der Anwalt für besondere Mandanten". Rotenstein war der wohl bekannteste Strafverteidiger in ganz Norddeutschland. Es gab etliche Presseartikel. Immer nach dem Motto „Star-Anwalt Rotenstein siegt vor Gericht". Er hatte auch seine eigene TV-Show bei RTL. Schlichter Titel: Richter Ferdinand von Rotenstein. Die ersten Befragungen ergaben, dass er sich gerne im Gerichtssaal reden hörte und ihm die Klienten völlig egal waren. Armani-Anzüge, Rolex, Maserati. Er soll zwar seine Mandanten sehr erfolgreich verteidigt haben, doch oft waren die Urteile fragwürdig. Kurzum: Das hörte sich nach einem Juristen-Arschloch an. Hauptsache die Kohle stimmte. Hochmut, Eitelkeit, Übermut. Es war eine Minute vor 9 Uhr.

Die Erste Kriminalhauptkommissarin betrat den Konferenzraum, der seit der Renovierung des alt ehrwürdigen Gebäudes deutlich vergrößert worden war, und blickte in die Gesichter ihres Teams. Meyer, Scholz, Wilhelm, Ludwig, Christiansen und der Forensiker Hinrichs gehörten quasi zur inneren Mannschaft. Käppner als Polizeipsychologe vom LKA hatte sofort großes Interesse gezeigt und saß ebenfalls am großen, runden Holztisch. Ergänzt wurde der Kreis von vier Kolleginnen und Kollegen aus anderen Dezernaten, die gerade Personal entbehren konnten oder mussten. Die Namen wollte van Busche sich Laufe der Sitzung merken. Sogar Kap-Staatsanwalt Walter, der als ausgesprochener Misanthrop und Schreibtischtäter bekannt war, hatte sich in die „Blume" bemüht. Schlussendlich musste die Kommissarin zweimal hinschauen, als ihr klar wurde, dass Kriminalobermeister Aslan ebenfalls mit am Tisch saß.

„Was machen Sie denn hier?", fragte van Busche völlig überrascht, aber nicht unfreundlich den kleinen zappeligen Deutsch-Türken.

Der grinste wie ein Sechzehnjähriger nach seinem ersten Date und entgegnete, „Hallo Frau Hauptkommissarin. Segeberg hat so viel mit dem Brand in der Asylbewerberunterkunft zu tun und Ihr Chef wollte unbedingt nen Ortskundigen in der SOKO haben. Et voilà, hier bin ich."

Die Kommissarin schluckte, machte eine einladende Geste und nahm sich vor, mal mit Liebig über die Zusammenstellung ihrer SOKO zu reden. Sie hatte nichts gegen Aslan, ganz im Gegenteil, sie fand ihn recht helle, aber sie wollte doch gerne vorher gefragt oder zumindest informiert werden.

„Okay", eröffnete van Busche die Sitzung, „fangen wir an. Kaffee ist genug da. Ich hoffe, Infos auch. Niels, was sagen Forensik und Gerichtsmedizin? Du hast doch auch mit Leiendecker von der Pathologie gesprochen."

Der schmächtige Leiter der kriminaltechnischen Abteilung ergriff das Wort und wie immer mussten einige grinsen, als sie die piepsige Stimme von Hinrichs hörten.

„Leiendecker bestätigt, was wir auch schon vor Ort festgestellt haben. Alle wurden erhängt. Dabei wurde ihnen nicht das Genick gebrochen, was bedeutet, dass sie entweder langsam hochgezogen wurden oder es keine große Fallhöhe gab. Durch die Kompression der arteriellen Gefäße trat nach etwa sechzig Sekunden die Bewusstlosigkeit ein, der Hirntod nach spätestens zehn Minuten. Die Messerstiche waren alle ins Herz platziert und mit großer Kraft ausgeführt, aber eindeutig post mortem. Es war kaum Blut an den Wunden zu finden. Ansonsten wiesen alle kleine Hämatome auf, wie sie nach einem Sturz auftreten. Vielleicht wurden sie zu Fall gebracht oder es gab Kämpfe. Das untersucht er noch genauer, macht uns aber wenig Hoffnung, da brauchbare Spuren zu finden. Die Messer konnten wir schon zuordnen. Eindeutig IKEA. Ein dreiteiliges Set mit drei unterschiedlichen Größen. Massenware. Klug gewählt würde ich sagen."

Hinrichs blätterte in seinen Unterlagen, während in der Runde ein Gemurmel losbrach. Etwas irritiert blickte der Forensiker auf und räusperte sich.

„Ich bin noch nicht fertig.“ Dabei schaute er wie ein Lehrer, der seine Klasse mal wieder tadeln wollte.

„Der Schnee hatte Vor-und Nachteile. Es gab Reifenspuren von Winterreifen der Marke Goodyear. Aufgrund der Größe eher ein schwereres Fahrzeug. Wahrscheinlich ein Kombi oder SUV, was ja auch Sinn ergibt, wenn man zwei Leichen auf einmal transportieren möchte. Ich habe die Fotos der Spuren für alle hochgeladen, falls ihr sie benötigt. Fußspuren gab es jede Menge vom Förster Lichtrein und dem Kollegen Aslan.“

Wieder glitt sein Blick tadelnd über die Runde und blieb bei dem kleinen Zappelphilipp hängen, der plötzlich ganz ruhig war.

„Wir haben aber unter dem Neuschnee noch Abdrücke gefunden, die von einem Wanderschuh kommen könnten. Da sind wir noch dran. Am zweiten Abend muss er sich Tüten oder Ähnliches über die Schuhe gezogen haben. Das sah mehr nach einer Rutschpartie aus. Da es wiederum der Förster war, der die Leichen gefunden hat, können wir fast ausschließen, dass mehr als eine Person beteiligt war. Eine erstaunliche Leistung, wenn man das Gewicht der Rechtsanwältin in Betracht zieht. Wir haben noch nicht alles ausgewertet, aber es sah nicht so aus, als ob irgendwas Frisches unter den Spuren war.“

Hinrichs lehnte sich als Zeichen, dass er vorerst fertig war, zurück.

Van Busche ergriff wieder das Wort.

„Was gibt’s zu den Toten? Rotenstein ham wir ja gestern schon besprochen. Was habt ihr zu den zwei Frauen?“ Sie blickte Meyer und Wilhelm an, die das noch in der Nacht übernommen hatten.

Kriminaloberkommissar Thomas Meyer, der van Busche immer den Rücken stärkte und sie auch vertrat, machte eine kurze Geste mit dem rechten Arm und zeigte zu Sven-Uwe Wilhelm. Der ehemalige Zivilfahnder hatte seine langen Haare wieder zum Zopf gebunden.

„Also, die Richterin und die Verfahrensbeiständin haben beim Amtsgericht Hamburg wohl immer zusammengearbeitet. Das war Mauschelei pur, es ging um Sorgerechtsfälle“, erklärte Wilhelm.

„Da ist ein klarer Zusammenhang und es gibt auch ein mögliches, eindeutiges Motiv.“

Kathrin van Busches Augen leuchteten vor Glück. Sofort ein Motiv, das gab es doch gar nicht.

„Schieß los!“

Wilhelm, der seine zahlreichen Piercings im Gesicht im Dienst nicht tragen durfte, machte eine kleine Pause und genoss die Spannung in der Runde.

„Es gab jede Menge Zoff um die beiden, da sie wohl Väter klar benachteiligten. Etliche Befangenheitsanträge, Abberufungsanträge, sogar drei Strafanzeigen wegen Rechtsbeugung – immer von Vätern, denen das Sorgerecht entzogen wurde.“

Im Gehirn der Chefin der SOKO begann ein Zukunftsfilm zu laufen. Alle Fälle raussuchen und überprüfen – dann hat man den Täter, einen verbitterten Vater aus Hamburg.

„Es passt aber der Mord des Kieler-Star-Anwaltes nicht dazu“, ergänzte Meyer.

„Der hatte nichts mit Familienrecht zu tun. Vielleicht war's nur ne Nachahmungstat. Also zwei Täter.“ Wilhelm meinte, dass das Vorgehen der Richterin Salz skandalös gewesen sei.

„Einmal landete ein Fall vor den BGH wegen Rechtsbeugung und es war klar, dass sie den Richterjob los war und für ein bis fünf Jahre in den Knast muss."

Van Busche war erstaunt.

„Und wieso saß die nicht ein? Das ist doch ein Verbrechen, oder?"

Meyer räusperte sich.

„Es war wohl eindeutig, aber der BGH hat die Gefängnisstrafe abgelehnt – wegen angeblicher Verfahrensfehler. Die Akten waren verschwunden."

Van Busche schüttelte den Kopf. Sie hatte vom Justizfilz schon einige unglaubliche Geschichten gehört, aber das. Unfassbar! Keine Richter-Krähe hackt der anderen ein Auge aus.

„Thomas, was sagst du zu der Geschichte, auch wenn sie noch so frisch ist?"

Die Hauptkommissarin duzte den äußerst fähigen Polizeipsychologen, der ihnen schon öfter geholfen hatte. Der zuckte mit den Achseln.

„Dass die Taten im Zusammenhang stehen, dürfte allen klar sein – auch wenn Rotenstein nix mit Sorgerechtsfällen am Hut hatte. Die Messer in der Brust, dazu mit großer Kraft ausgeführt und den quasi festgenagelten Eiden sprechen von Wut, einer großen Wut. Rache wäre sicherlich ein gutes Motiv. Ob persönlich oder exemplarisch müsst ihr herausfinden. Den gleichen Ort zweimal zu benutzen, spricht von Kaltschnäuzigkeit und Cleverness, egal ob es ein oder zwei Täter waren. Sucht weiter nach einer möglichen Verbindung zwischen den Toten, das kann helfen, muss aber nicht. Er oder sie wollen auf jeden Fall beachtet werden."

Käppner sah unzufrieden aus, was verständlich war, dachte van Busche. Er sprach nur aus, was jeder Laie hätte erkennen konnte. Die Vorgehensweise war deutlich und nicht subtil genug. Vielleicht konnte er später noch nützlicher sein.

Der Kap-Staatsanwalt saß wie ein Fremdkörper im Besprechungsraum und hatte noch kein Wort geäußert. Er spielte mit seinem Füller und schaute auf seine Finger. Seine ausgemergelte Gestalt wirkt zu klein für seinen feinen, grauen Anzug. Im Prinzip war er kein schlechter Staatsanwalt. Sie hatten zumeist seine Unterstützung, aber er war eben kein Menschenfreund.

„Kannten Sie von Rotenstein, Herr Walter?"

Dieser zuckte zusammen, als hätte er einen elektrischen Schlag bekommen.

„Ja, äh, nein. Nicht persönlich also. Nur was man so hört eben …"

„Was hört man denn so?", wollte van Busch wissen und freute sich insgeheim, den Staatsanwalt ein bisschen ärgern zu können.

„Naja, arrogant, überheblich. Ein ekelhafter Selbstdarsteller. Publicity wichtiger als Gerechtigkeit."

Walter stand auf, steckte seinen schwarzen Füller in die Innentasche seines Jacketts und verließ den Raum, über den sich eine überraschte Stille legte.

Die erste Kriminalhauptkommissarin Kathrin van Busche war ebenfalls kurz sprachlos. Warum haute der einfach ab? Sie teilte die SOKO Juristenmörder in zwei Teams auf. Meyer und Wilhelm sollten mit Aslan aus Bad Segeberg weiter in Sachen der angeblichen Hamburger Mütter-

Mafia um Salz und Cort sowie rund um den Tatort in Tarbek ermitteln. Mit zwei weiteren Kollegen bildeten sie unter Leitung von Meyer das Team Hamburg. Erste Priorität: Die drei Väter finden, die gegen die Richterin Salz Strafanzeige gestellt hatten. Befragung, Alibi überprüfen.

Das zweite Team Kiel bildeten Angelica Scholz, Gunnar Ludwig, zwei weitere Kollegen namens Fiete Denzau und Sinje Wahlsen und van Busche selbst. Scholz, eine 1,80 Meter große blonde Kommissarin, war erst seit zwei Jahren in Kiel. Ludwig, ein Riese mit 110 Kilo Gewicht, war der IT-Spezialist bei der Kripo. Erste Priorität: Star-Anwalt Rotenstein. Hatte er Feinde? Hatte er jemanden juristisch kalt gemacht, der nun Rache genommen hatte?

„Wieso hat der Mörder die toten Juristen ins Hünengrab geschleppt?“, fragte van Busche in die Runde. Jan-Malte Christiansen schaute derweil nervös auf die Uhr. Der Kollege Ende Dreißig war der Chef der Pressestelle. Er verstand sich prächtig mit van Busche, aber in 13 Minuten war die Pressekonferenz. Und sie hatten noch nichts besprochen, gar nichts. Der Polizeipsychologe erkannte die Sorgen in Christiansens Gesicht.

„Ich recherchiere alles rund um die Hünengräber hier und ums mögliche Motiv, rasende Wut“, sagte Käppner und löste die Runde auf.

„Kathrin, ich glaub’, du musst dringend zur PK!“

Alexei Gromow

Hamburg vor fünf Jahren

Die Nacht hatte wie viele zuvor nichts gebracht außer Kopfschmerzen und eine noch größere Abneigung gegen seinen Chef. Sein egozentrisches Geschwafel, die dämliche Sonnenbrille, die der Idiot selbst nachts trug, all das war Gromow aufs Gemüt geschlagen und er hatte sich beherrschen müssen, Stührwoldt-Vestermann nicht einfach ein paar in seine Visage zu schlagen. Aber lange würde es nicht mehr dauern. Er hatte schon einen Versetzungsantrag gestellt, empfand es aber als persönliche Niederlage, denn schließlich arbeitete er seit Jahren auf dem Kiez und der Schwachkopf nicht. Der war direkt vor seine Nase aus Hamburg-Blankenese hereingeschneit, weil sein damaliger Chef ganz unerwartet mit Vierundfünfzig an einem Herzinfarkt gestorben war. Und damit begann das Elend. In nur zwei Monaten hatte der Blödmann es geschafft, die gute Stimmung der Abteilung zu versauen und der Krankenstand hatte sich verdoppelt. Dafür war Gromow aber zu stolz und so geriet er immer wieder mit seinem inkompetenten Vorgesetzten aneinander.

Heute Morgen war er einfach eine halbe Stunde vor Dienstende aus dem Auto, hatte was von Toilette gemurmelt und war verschwunden. Natürlich würde es wieder Ärger geben, aber den spülte er gerade prophylaktisch mit einem Bier runter. Er saß im Silbersack und verputzte neben dem Bier noch ein Frühstück aus Mett- und Ei-Brötchen.

Seine Gedanken kreisten bei der sinnlosen Überwachung. Im Prinzip ging es wie immer um die Hintermänner der kleinen Zuhälter von der Straße. Sie beobachteten schon eine ganze Weile einen zwielichtigen Russen, der fast jeden Abend in der Holsten-Schwemme verbrachte. Als ob der so blöd war und sie direkt zu seinem Chef führen würde. Sowas glaubte nur der Kretin Stührwoldt-Vestermann. Was für ein Scheiß-Name. Der sagte doch schon alles über ihn aus.

Gromow bezahlte bei der uralten hutzeligen Tante Erna, die seit 1950 hinter dem Tresen stand und wie der Hamburger Michel ein Wahrzeichen der Stadt war. Sein Bett in der Susannenstraße rief und so machte er sich auf den Weg ins Schanzenviertel. Auf dem Neuen Pferdemarkt wurde er von einem alten Bekannten angesprochen.

„Hey Alex, haste mal ne Mark für mich? Brauch dringend was zu trinken", sprach die verwahrloste Gestalt aus einer dunklen Kapuze heraus. Dabei waren seine fauligen Zähne zu sehen, genau wie sein penetranter Gestank zu riechen war.

„Du weißt genau, dass ich Alexei heiß und nicht Alex. Musst dir schon mehr Mühe geben, Alter. Außerdem gibt's die Mark seit 2002 nich mehr. Aber ich spendier ne Dusche. Du stinkst fürchterlich."

„Alexei oder Alex, wo is schon der Unterschied?", nuschelte es zwischen den gerissenen Lippen. „Vielleicht hab ich auch was zu erzähln."

„Für mich is da ein Unterschied. Was soll das schon sein? Du hast seit Jahren nichts mehr geliefert."

„Eh Alder, bidde. Ein Bier und ich sach, was ich gehört hab'."

„Na gut, ich hab' eh noch Durst, bevor ich pennen gehe. Ich hol drüben bei Schorsch im Imbiss zwei Hülsen und du erzählst mir was. Wenn's was taugt, bekommst du eine ab."

Gromow drehte sich um und lief schnell über den Pferdemarkt, in der Hoffnung, dass der stinkende Ulf nicht hinterherkam. Den würden sie hier garantiert direkt übern Haufen fahren.

Zwei Minuten später kam er mit den beiden Holsten in der Hand zurück und öffnete seine genüsslich. Er hatte zwar ein wenig schlechtes Gewissen, aber einem Junkie konnte man eben nicht trauen.

„Schieß los. Sonst trink ich beide“, forderte er Ulf auf und nahm einen tiefen Schluck.

Der stinkende Ulf starrte auf die Bierdose in Gromows Hand und begann.

„Ihr seid doch hinterm Russen her. Das weiß jeder. Deswegen geht der auch jeden Abend nen bisschen Dart in der Schwemme spielen und freut sich nen zweites Loch in Arsch …“

„Du musst mir nich erzählen, was ich schon weiß“, unterbrach Gromow ihn. „Ich glaub, das zweite Bier trink ich schön im Bett vorm Einschlafen.“

„Warte ma, ich bin nich fertich. Die Frauen reden nich, das is klar, die ham alle Angst. Aber nich nur vor den Russen, sondern auch vor der Schmalzlocke bei euch, der mit der Sonnenbrille und dem bescheuerten Namen.“

„Du verarscht mich, Alter, du hast dir dein Gehirn weggesoffen“, entgegnete Gromow schroff.

„Ne, ech nich. Frag Jollen Kalli, der hat mir das gesacht. Gibste mir jetzt ’n Bier?“

Gromow drückte ihm die Dose in die Hand und ging grübelnd weg. Hinter ihm riss der stinkende Ulf gierig die Dose auf.

Medien stürzen sich auf „Juristen-Killer-Fall"

Großer Sitzungssaal der Bezirkskriminalinspektion Kiel, 17.12. um 10.54 Uhr

Alle Journalisten von Rang und Namen im Norden waren nach Kiel zur Bezirkskriminaldirektion in die Blumenstraße gekommen, dazu etliche überregionale Pressevertreter. Auf dem Weg zum großen Sitzungssaal zeigte Jan-Malte Christiansen der leitenden Kommissarin noch schnell die Schlagzeilen der wichtigsten Zeitungen im Norden wie Kieler Nachrichten, Hamburger Abendblatt, Bild, Flensburger Tageblatt, Ostseezeitung oder Lübecker Nachrichten.

„Juristen-Killer von Tarbek schlägt wieder zu: Richterin und Anwältin tot!" titelte die Bild-Zeitung in riesigen Lettern. Die KN hatten mit dem Fall ebenfalls aufgemacht, wenn auch nicht so reißerisch. Titel: „Juristen-Morde von Tarbek: Polizei steht vor Rätsel". Christiansen, der mit seinen dunklen Haaren und dunklen Augen ein völlig untypischer Norddeutscher war, meinte, dass die Hölle los sei.

„Wie beim Fall um den Superreichen. Karniak, du weißt schon."

Van Busche drängte sich an zwei Kamerateams vorbei nach vorne. Der Saal war tatsächlich bis zum letzten Platz voll mit Journalisten, Kameraleuten und Fotografen. Im Gang standen etliche TV-Teams, die sich um die besten Plätze stritten. Vier Radioreporter von der NDR Welle Nord, Radio Hamburg, Antenne Niedersachsen und R.SH bauten vor dem Schild „Leitende Kommissarin Kathrin van Busche" ihre Mikros auf. Vorne vor dem Pult drängelten sich ein Dutzend Fotografen. Seit der Renovierung der

„Blume“, wie die Polizisten ihre Kieler Zentrale in der Blumenstraße nannten, war auch der Pressesaal top-modern mit aller möglichen Technik und schönem hellen Parkettboden und massiven Holztischen ausgestattet worden. Van Busche dachte an die alten Zeiten der weißen Plastiktische zurück. Rickmer Hansen von den Kieler Nachrichten grüßte sie mit Handschlag. Von Landespolizeidirektor Liebig und Kap-Staatsanwalt Walter fehlte wieder mal jede Spur. Typisch. Kathrin van Busche hatte aber ein gutes Verhältnis zur Presse. Sie wusste auch, dass die Journalisten in vielen Fällen entscheidend helfen konnten und sah sie nicht als Bedrohung an, wie viele andere in der Polizei. Zudem liebte es van Busche – ihr Name stammte aus dem Französischen und wurde *van Büsch* ausgesprochen – im Mittelpunkt zu stehen. Sie war jung, hübsch, sehr ehrgeizig. Ihre blonden langen Haare hatte sie von ihrem Vater Asmus, die braunen Augen von ihrer französischen Mutter Nelly. Und immer noch eine sportliche Figur. Gut, seit der Geburt ihres Sohnes Nick waren es schon ein paar Kilo mehr geworden. Jan-Malte Christiansen begleitete van Busche nach vorne. Die Erste Kriminalhauptkommissarin war stolz, hier sitzen zu dürfen. Für sie war es keinesfalls selbstverständlich, als Frau an der Spitze der Kieler Kriminalpolizei zu stehen.

Jan-Malte Christiansen begrüßte freundlich die Pressevertreter, erklärte die Regeln der PK, stellte van Busche mit einem Lächeln vor und bat um Fragen an die leitende Kommissarin. Auf einer Videoleinwand hinter dem Pult stand „SOKO Juristenmörder“ und ein Foto des Fundortes der Leichen bei dem Hünengrab in Tarbek wurde eingeblendet. Im Saal herrschte weiter Unruhe, ein Reporter von RTL Nord rauschte in letzter Sekunde durch die Tür. Ein Handy klingelte. Christiansen bat erneut, die Handys während der Pressekonferenz auszuschalten. Es schnellten etliche Arme für die erste Frage in die Höhe. Christiansen wählte eine ihm unbekannte Reporterin aus.

„Greta Grau, Der Spiegel. Uns liegen Informationen vor, dass die ermordete Richterin aus Hamburg sowie die Rechtsanwältin aus Hamburg in der Justiz höchst umstritten waren. Können Sie dies bestätigen?“

Van Busche war baff. Gleich bei der ersten Frage ging es zur Sache.

„Wir können bestätigen, dass die ermordete Richterin und die ermordete Rechtsanwältin häufiger in Hamburg gemeinsam tätig waren“, antwortet sie jedoch nur.

„Gerichtsangelegenheiten sind häufig äußerst umstritten.“

Greta Grau wollte sofort nachhaken, doch Christiansen wählte nun Rickmer Hansen von den KN aus.

„Im Fall des toten Kieler Anwaltes liegen uns ähnliche Informationen vor. Ging es dem Täter um skandalöse Justiz-Irrtümer?“

Kathrin van Busche wich mit einer Floskel aus.

„Wir befinden uns noch am Anfang der Ermittlungen und haben die SOKO Juristenmörder gegründet. Trotz des gleichen Tathergangs wissen wir auch noch nicht, ob wir es mit einem Täter oder zwei Tätern zu tun haben. Wir ermitteln natürlich in alle Richtungen.“

Ein kleiner, untersetzter Redakteur der Ostseezeitung stand erstaunt auf und fragte laut ohne Mikro.

„Ein Nachahmungstäter!?!“

Van Busche schaute kurz zu Christiansen, antwortete dann aber, obwohl der Zwischenruf nicht den Regeln entsprach.

„Wie gesagt, wir ermitteln in alle Richtungen. Auch ein Nachahmungstäter kommt für uns in Betracht."

Der Pressechef der Kieler Polizei wählte nun einen großen Redakteur von R.SH aus.

„Wie groß ist das Team, dass Sie zur Verfügung haben?"

Van Busche erwiderte die Frage erneut mit einer Floskel.

„Alle verfügbaren Mitarbeiter sind für die SOKO Juristenmörder abgezogen worden."

„Was können Sie zur Tatwaffe sagen?", wollte eine hübsche Reporterin der NDR Welle Nord wissen.

„Nach Erkenntnissen unserer Gerichtsmedizin wurden alle drei Juristen erhängt."

Ein Raunen ging durch den großen Sitzungsaal. Van Busche fuhr fort.

„Die Messerstiche wurden alle später ins Herz platziert und mit großer Kraft ausgeführt, aber eindeutig post mortem."

Jan-Malte Christiansen blendete auf der Videowand ein Foto des dreiteiligen Messersets von IKEA ein, dazu der zerfetzte, leicht blutige Zettel des Richtereides.

„Ein Messer-Set mit drei unterschiedlichen Größen. Massenware eines großen schwedischen Möbelhauses", ergänzte Kathrin van Busche.

„Über die Zettel mit den Eiden sind Sie ja bereits informiert. Alle Fotos stehen Ihnen über unseren Presse-Server zur Verfügung."

Die Print-Journalisten schrieben eifrig mit.

„Noch drei Fragen", sagte Christiansen. Wieder schnellten etliche Arme in die Höhe. Mike Martens von der Bild Hamburg kam dran.

„Uns liegen ebenfalls Informationen vor, dass sich die Richterin Steffi S. eindeutig der Rechtsbeugung schuldig gemacht hat. Könnte der Mörder ein Rächer der Justiz sein wie Robin Hood?"

Van Busche zögerte kurz, geriet leicht ins Schwimmen.

„Wie bereits gesagt, gibt es in Justizangelegenheiten von Natur aus strittige Fälle. Bezüglich eines möglichen Motivs können und wollen wir zum derzeitigen Zeitpunkt nichts sagen."

Die vorletzte Frage ging nochmals an Greta Grau vom Spiegel. So eine prominente Journalistin empfingen sie in Kiel nur selten, urteilte Christiansen.

„Was können Sie zum Fundort sagen? ", fragte Grau. „Warum wurde das Hünengrab in Tarbek ausgewählt? Und warum war es ein zweites Mal möglich, dort Leichen auf grauenvolle Weise nochmals ins Herz zu stechen?"

Kathrin van Busche hasste Doppel- und Dreifachfragen, doch sie hatte eine gute Strategie, darauf zu antworten.

„Alle drei Leichen wurden im Hünengrab in Tarbek entdeckt. Warum der oder die Täter diesen Ort ausgewählt hat, können wir zum derzeitigen Stand der Ermittlungen noch nicht sagen."

Zum Schluss schnellten wieder etliche Arme in die Höhe, darunter auch von Greta Grau, Rickmer Hansen und Mike Martens. Jan-Malte Christiansen wählte jedoch eine ältere Kollegin aus, die er auch noch nicht kannte.

„Mariella Berdel, Hannoversche Allgemeine. Den Ermordeten wurde, als sie schon tot waren, mit voller Wucht das Messer in ihr Herz gerammt. Dazu der Anwaltseid und der Richtereid. Das sind doch klare Indizien. Das spricht doch für eine wahnsinnige Wut gegen Juristen, oder?"

Van Busche merkte, dass sie – bei allem Verständnis – in eine ganz spezielle Richtung gedrängt wurde. Sie wollte dies aber aus ihr nicht verständlichen Gründen nicht und antwortete.

„Laut unseres Polizeipsychologen gibt es erste, mögliche Anzeichen, dass es sich um ein Motiv wie Rache handeln könnte. Konjunktiv! Ausdrücklich Konjunktiv! Wir befinden uns jedoch noch am Anfang der Ermittlungen und können und möchten nichts zu einem möglichen Motiv sagen."

Jan-Malte Christiansen bedankte sich für die zahlreichen Fragen und beendete die Pressekonferenz. Van Busche ging mit leicht rotem Kopf durch die Journalisten. Zahlreiche Fragen wurden ihr noch zugerufen, aber sie schritt zielstrebig aus dem Raum.

Ein paar Minuten später war sie in ihrem Büro und schloss die Tür. Sie schmiss sich auf ihr Sofa und grübelte. Sie mochte die Journalisten, aber irgendwie war es heute anders gewesen. Sie musste sich verteidigen, obwohl sie dies gar nicht wollte. Als ob es etwas zu verteidigen gäbe, das sie gar nicht verteidigen wollte. Es klopfte. Christiansen kam rein. Van Busche schossen die Tränen in ihre Augen. Sie stürzte ihrem Pressechef in die Arme und schluchzte.

„Ich habe es verbockt, Jan-Malte. Oder?"

Sie umarmte ihn fest.

„Das mit Käppner hätte ich nicht sagen dürfen!"

Die Welt der Richterin Steffi Salz

Amtsgericht Hamburg, 17.12. um 14.54 Uhr

Meyer, Wilhelm und Aslan saßen im Flur des dritten Stockwerks vor dem Zimmer des Präsidenten des Hamburger Amtsgerichts am Sievekingplatz 1. Sie warteten nun schon 20 Minuten.

„Was is der Unterschied zwischen nem Richter und Gott?“, fragte Aslan und grinste schon vor der Pointe, als genau in dem Moment Präsident Mathias Messerer die Tür öffnete.

„Entschuldigen Sie, dass Sie warten mussten“, sagte Messerer. „Kommen Sie doch rein und setzen sich, bitte.“

Die drei Polizisten gingen ins großräumige Zimmer des Präsidenten und setzten sich an einen kleinen Glastisch, an dem ein großes schwarzes Ledersofa sowie vier dazu passende Ledersessel standen. Aslan hatte einen leicht roten Kopf, aber offenbar hatte Messerer nichts von seinem Spruch mitbekommen. Der kannte todsicher die Lösung, Meyer und Wilhelm aber bestimmt nicht.

„Schrecklich, ganz schrecklich, was da mit der Richterin Salz passiert ist“, ging Präsident Messerer gleich in medias res. „Aber sie hat es auch wirklich übertrieben. Ich habe immer gesagt, irgendwann dreht ein Vater durch!“

„Was wollen Sie damit sagen?“, fragte Kriminaloberkommissar Thomas Meyer trocken.

„Naja, es gibt ja die richterliche Freiheit. Und das ist auch gut so“, antwortete Messerer. „Und im Familienrecht sind einige Richter eher pro Vater eingestellt, aber die meisten eher pro Mutter.“

Der Präsident des Amtsgerichts Hamburg ging die Sache zügig an.

„Das ist jetzt aber alles im Off. Das ist inoffiziell, damit ich Ihnen helfen kann. Wir verstehen uns richtig, ja?"

Wilhelm und Asan schauten sich verwundert an. Polizeioberkommissar Thomas Meyer aber reagierte sofort.

„Ja, türlich. Von diesem Gespräch kommt nichts in die Akten."

Meyer war mit vierundsechzig der Dienstälteste der Kripo, ein so genannter „Alter Hase". Er war der Stellvertreter von van Busche und hatte ihr es erst ermöglicht, dass sie trotz ihres kleinen Sohnes die Leitung der Kripo Kiel übernehmen konnte. Meyer hatte schon viel mitgemacht – alles erlebt. Illegale Absprachen. Deals mit der Polizei. Auch ekelhafte Fälle von Justiz-Filz. Aber das hier schlug dem Fass den Boden aus. Er half van Busche immer und stand bedingungslos hinter ihr.

„Ja, genau, Herr Meyer. Dieses Gespräch hat einfach nie stattgefunden."

„Wir haben genau den gleichen Verdacht wie Sie, Herr Messerer", begann Meyer das Gespräch. „Wir hätten gerne die Akten der drei Väter, die offenbar - um es vorsichtig auszudrücken – von der Richterin Salz unfair behandelt worden sind."

„Unfair?", fragte Messerer und zog seine Augenbraue hoch. „Die Richterin Salz hat die auf die mieseste Art um ihre Kinder betrogen. Wir sprechen hier im Off. Also klare Kante!"

Messerer erklärte, dass er mit der Richterin Steffi Salz vor drei Jahren endgültig gebrochen hätte. Er hätte schon vorher drei krasse Fälle auf dem Tisch gehabt, in denen sie eindeutig als befangen gelten hätte müssen.

„Wissen Sie, wie viele Befangenheitsanträge gegen Richter durchkommen?“

„Nicht so viele, oder?“, mischte sich nun Jan-Uwe Wilhelm ein.

„Ich beantworte es Ihnen auf fünf Stellen hinter dem Komma“, sagte Messerer, „0,00001 Prozent.“

Der Präsident erklärte weiter, dass dann ja auch noch das Hanseatische Oberlandesgericht die Befangenheit ablehnen kann. Das bedeutet, dass die Chancen nochmals um mindestens 50 Prozent sinken.

„Und wissen Sie, wo das Hansetische Oberlandesgericht sitzt?“

Meyer zuckte mit den Schultern.

„Sievekingplatz 2.“

Präsident Messerer schüttelte fassungslos seinen Kopf. Er habe sie einmal geschützt, doch dann zweimal für befangen erklärt. Das OLG hätte sein Urteil aber gekippt. Da hätte es schon unsäglichen Zoff gegeben, etliche Presseanfragen.

„Dann kam aber der Fall Dr. Mark Stier. Selbst promovierter Psychologe. Steinreiche Familie aus Nienstedten“, sagte Messerer. „Wenn die Salz etwas intelligenter gewesen wäre, dann hätte sie doch merken müssen, dass das in dem Fall nicht gutgehen konnte.“

Messerer berichtete von einer gewissen Dr. Janina Conradi, einer höchst umstrittenen Gutachterin aus Norderstedt, die von der Richterin Salz mit Vorsatz beauftragt wurde, um die Kinder zur Mutter zu bringen. Problem sei gewesen, dass der Vater alleinsorgeberechtigt war und der Lehrer, die Kindertherapeutin, das Jugendamt Hamburg und einfach alle die Auffassung gehabt hatten, dass der Sohn beim Vater bleiben musste. Es hätte bereits zwei Gutachten gegeben. Alle wären der gleichen Ansicht gewesen. Nur Richterin Steffi Salz nicht.

„Die lebte in ihrer eigenen Welt. Ich weiß nicht, was da in ihrm Kopp abgegangen ist", so Messerer. „Das kann man auch nich mehr mit konservativer Haltung erklären. Oder, dass sie selbst Mutter war. Was eine Scheiße! Das war krankhaft! Wahn, da war psychisch was nicht in Ordnung. Da muss es oben kräftig in ihr Hirn reingeregnet haben." Der Präsident sprach sich in Rage und auch das Urteil wegen Rechtsbeugung im Fall Stier zügig an.

„Ich selbst habe sie wegen Rechtsbeugung zu zwei Jahren auf Bewährung verurteilt."

„Und dann?", fragte Meyer.

„Das war eine Katastrophe für die Hamburger Justiz. Rechtsbeugung!", Messerer schüttelte erneut fassungslos seinen Kopf. „Dazu die Presse, am schlimmsten war die Bild!"

Der Präsident erklärte, dass sein Urteil damals auch vom Hansetischen Oberlandesgericht eindeutig bestätigt worden war.

„Die hatte auch alles, was ihr nicht gepasst hatte an Stellungnahmen, einfach aus der Akte entfernt."

Dr. Stier hätte dann eine der besten Strafrechtskanzleien Hamburgs engagiert, Prof. Dr. Friedrich Scharf. Nach und nach sei alles ans Licht gekommen. Zwei klar rechtswidrige Beschlüsse. Das Jugendamt Hamburg sei geplatzt vor Wut auf die Richterin Salz. Zig Falschaussagen.

„Das war der Fall, der vor den BGH ging", sagte nun Meyer.

Messerer nickte stumm.

„Ja, und die haben das Verfahren doch tatsächlich wegen Formfehlern eingestellt. Irre!" Die Gerichtsakte Stier sei verschwunden und das BGH hätte die Vorgänge nicht mehr voll umfänglich prüfen können.

„Steffi Salz hat die vermutlich einfach verbrannt oder was weiß ich."

„Okay, vielen Dank, Herr Messerer für ihre sehr offenen Worte", sagte Meyer. „Glauben Sie, dass Dr. Mark Stier als Täter in Betracht kommt?"

„Eher nicht", antwortete Messerer. „Der ist viel zu schlau, wenn dann ham die nen Killer über die Familie engagiert."

Messerer stand auf und holte eine Liste von seinem riesigen Schreibtisch. Er überreichte sie Meyer.

„Das sind die vier Väter, die auf ganz, ganz linke Art von der Richterin Salz um ihre Kinder betrogen worden sind."

Präsident Messerer meinte, dass einer von ihnen, Kristian Rathjens, Selbstmord begangen hätte. Meyer schaute auf die Liste. Dr. Mark Stier, Kristian Rathjens, Fiete Prien und Ulrich Buick. Dazu eine Ansprechpartnerin des Amtsgerichts Hamburg, die den SOKO-Beamten sofort bei der Akteneinsicht helfen sollte.

„Das sind die vier schlimmsten Fälle", meinte der Präsident. „Es gibt aber natürlich noch weitere. Und an Ihrer Stelle würde ich die Gutachterin Dr. Janina Conradi sofort unter Polizeischutz stellen. Wenn ich der Mörder wäre, hätte ich die nun als Nächste auf der Liste."

Meyer, Wilhelm und Aslan bedankten sich für die zahlreichen Informationen und die ehrliche und direkte Art des Präsidenten. Sie verabschiedeten sich.

„Tschüss", sagte Messerer. „Das ist alles unglaublich. Aber Sie kennen ja den Spruch mit Gott und Richter. Gott weiß, dass er kein Richter ist."

Ein großes, dunkles Auto

Tarbek, 17.12. gegen Mittag

Sie hatten gerade die Polizeidirektion Bad Segeberg verlassen und fuhren aufgrund des Schneefalls über die A21 zurück Richtung Tarbek. Im Ford Mondeo der Kieler Kripo saßen Meyer, Wilhelm und Aslan, die einem Hinweis nachgehen wollten, den die Anwohnerbefragung erbracht hatte. Zuvor hatten sie in der Kripo Bad Segeberg noch ein paar Papiere unterschreiben müssen, damit Kriminalobermeister Aslan ausgeliehen werden durfte. Allerdings hatte niemand so richtig Zeit für sie gehabt, da alle verfügbaren Kräfte immer noch mit dem Brand in der Flüchtlingsunterkunft beschäftigt waren. Mittlerweile musste man von drei Toten, darunter ein Kind, ausgehen. Ebenfalls eine grauenvolle Geschichte. Aslans Chef hatte ihnen kurz einen Zettel hingehalten, den sich keiner durchlas und der von Meyer quittiert wurde. Offensichtlich waren die Segeberger froh, den kleinen Deutsch-Türken loszuwerden.

„Sagen Sie ma Herr Aslan, wie hieß der Zeuge in Tarbek nochmal?“, wollte Wilhelm wissen, der am Steuer saß.

„Nur Aslan. Aslan reicht. Das ist mein Vorname. Mit Nachnamen heiße ich Schmidt.“ Wieder grinste er fröhlich zu den beiden Männern, die vor ihm saßen.

„Wie? Aslan ist nicht der Nachname?“ Sichtlich verwirrt hatte Wilhelm Schwierigkeiten, sich auf den Verkehr zu konzentrieren.

„Ne, hab ne Deutsche geheiratet. Meine Anne. Aber irgendwie nimmt den Schmidt keiner ernst.“

Die beiden Kommissare vorne guckten sich an und konnten sich ein Lachen nicht verkneifen.

Meyer drehte sich vom Beifahrersitz nach hinten.

„Naja, is ja nich so ganz unverständlich. Ich bin Thomas und das is Sven-Uwe."

Sie fuhren in Tarbek quer über den Rosenhof direkt in den Schmalenseer Weg und hielten gleich beim ersten Haus auf der linken Seite, einem Bauernhof. Neben dem Hofgelände schippte ein älterer Mann Schnee, den Kragen weit oben und eine blaue Pudelmütze mit HSV-Emblem auf dem Kopf. Als sie ausstiegen, erfasste sie die Kälte und Meyer blickte wehmütig auf die Mütze des Mannes. Es schneite weiterhin und Wilhelm fragte sich, warum der Mann überhaupt schippte. Dort, wo er offensichtlich angefangen hatte, lag schon wieder eine dicke Schicht Schnee. Sie stellten sich kurz vor und die beiden älteren Polizisten schauten zu Schmidt. Der wiederum schaute verdutzt zurück, ehe er begriff, dass die beiden ihm die Befragung überließen.

„Äh, Herr Juskowiak, Sie haben den Kollegen gesagt, dass Sie in der Nacht einen Wagen hier in der Straße gesehen haben. Is das richtig?"

„Ja."

„Und wann war das ungefähr?"

„Ein Uhr", brummte der Alte, während er missmutig auf seine Arbeit schaute.

„Wieso sind sie da so sicher?", fragte Schmidt nach.

„Auffe Uhr geschaut."

„Waren Sie draußen oder drinnen, als Sie den Wagen gesehen haben?", mischte sich Meyer in das einsilbige Gespräch ein.

„Draußen."

„Und wieso waren Sie draußen?", wollte Wilhelm wissen, der sich an die Bierwerbung erinnert fühlte, wo die drei Norddeutschen auch immer nur einsilbig redeten.

„Hund."

„Also Ihr Hund musste raus und da ham Sie auf die Uhr geschaut, bevor Sie rausgingen?", fasste Schmidt alles zusammen.

„…", war die stumme Antwort Juskowiaks.

„Beschreiben Sie doch bitte mal das Auto genauer."

„Groß, schwarz, Kombi und aus Hamburch", erwiderte der Alte mit epischer Wucht.

Die drei Kommissare schauten sich an. Von Hamburg hatte nichts im Protokoll gestanden. Es war eben doch gut, Aussagen zu überprüfen.

„Haben Sie zufällig noch mehr von dem Kennzeichen gesehen?", wollte Meyer wissen.

„Ne."

So langsam kroch die Kälte von den Füßen die Beine hoch und Schmidt fing an zu zittern.

„Und konnten Sie die Automarke erkennen?", schlotterte er.

„Ne, nich wirklich."

Meyer holte einen Stapel Fotos aus der Innentasche, auf den sich sofort erste Schneeflocken legten. Es waren Bilder der bekanntesten Automarken, allesamt Kombis oder SUVs. Aber der Alte schüttelte nur den Kopf.

„Kann ich echt nich sagen."

Im Auto tauten sie langsam wieder auf. Die Klimaautomatik leistete ganze Arbeit, während sich Wilhelm durch den Schnee Richtung Bornhöved kämpfte. Links passierten sie eine riesige Kieskuhle und Meyer musste unwillkürlich an den grausigen Fund vor einem Jahr denken, als sie in der Nähe von Plön eine Mädchenleiche entdeckten, die der Mörder ebenfalls in einem Kieswerk abgelegt hatte. Zum Glück hatten sie ein drittes Mädchen noch retten können und auch van Busche war in großer Gefahr gewesen. Der Detektiv Alexei Gromow hatte ihnen den entscheidenden Hinweis gegeben.

Sie hielten in der Mühlenstraße am Rand, direkt vor Schmidts Wohnung, die im ersten Stock eines Mehrfamilienhauses lag. Er wollte sich dringend noch eine dicke Mütze holen, was angesichts seiner knallroten Ohren sicher nicht die schlechteste Idee war. Freundlich lud er sie auf einen Becher Kaffee ein. Da sie auch neugierig waren, wie ein Deutsch-Türke so wohnte, folgten die beiden der Einladung. Kaum hatten sie die Wohnung betreten, als sie feststellen mussten, dass Erwartung und Wahrheit nicht immer ein und dasselbe sein mussten. Sie hatten eine kleine überfüllte Wohnung erwartet, an deren Wänden Teppiche hingen und es nach Tee roch. Doch in Wirklichkeit sah es aus, als ob es eine Musterwohnung für Schöner Wohnen war. Das war die deutscheste Wohnung, die sie je betreten hatten. Klassische Teppichvorleger, gerahmte Stickbilder, biederes Holzmobiliar, überall Weihnachtsschmuck. Als Höhepunkt ein komplettes Krippenspiel auf einem Tisch in der Ecke. Nur der Tannenbaum fehlte noch. Schmidt kochte ganz klassisch Kaffee, mit Wasserkocher und Aufguss. Der war ziemlich stark, tat nach der Kälte aber gut.

„Letztendlich hat das Gespräch ja nich so viel gebracht.“ Meyer wärmte sich die Hände und schaute in die Runde.

„Naja, Hamburg ist auch nicht wirklich überraschend, aber schon ein guter Hinweis“, entgegnete Wilhelm.

„Die Schilder könnten aber auch gestohlen sein. So würd ich das jedenfalls machen“, bemerkte Schmidt.

Da war was dran, dachte Wilhelm.

„Nach dem ganzen Presserummel kommen aber hoffentlich noch mehr Hinweise. Wenn wir dann die ganzen Verrückten aussortiert haben, bleibt vielleicht was Gutes.“

Meyer grinste.

„Dein Wort in Gottes Ohren hat meine Mama immer gesagt.“

Aslan Schmidt runzelte die Stirn.

„Meint ihr, dass es ein Serienmörder sein könnte? Irgendwie hat das was von Graf Öderland.“

Meyer und Wilhelm schauten sich verwundert an.

„Naja, hat ich im Abi. Is n Stück von Max Frisch, wo ein Staatsanwalt mit ner Axt in der Aktentasche loszieht, um die gesellschaftliche Ordnung zu verändern.“

„Sag mal, Aslan“, fragte Wilhelm, „wenn du Abi hast, wieso arbeitest du dann nich im gehobenen Dienst?“

„Zweimal durchgefallen. Zu türkisch, zu vorlaut …“ Aslan Schmidt blickte traurig zu Boden.

Es geht wieder los

Norderstedt, 17.12. um 19.03 Uhr

Als Mörder wird man nicht geboren. Man wird dazu gemacht. Er wartete in der kleinen Wohnung am Kielortring in Norderstedt. Es war ein Katzensprung von Poppenbüttel. Er saß gemütlich im Sofa der Mini-Wohnung, bescheidene Verhältnisse. Anders als sonst musste das Urteil des OOLG heute abweichend vollstreckt werden. Das Gericht hatte entschieden: Tod durch die Axt. Er zog seine Handschuhe an und griff zufrieden zu seiner Ochsenkopf-Sportaxt OX 440 H. Der Beschluss war unanfechtbar. Vor seinem OOLG war Schluss – endgültig. Ihm ging es nicht um Familienrecht. Es ging ums Große und Ganze in der deutschen Justiz. Egal aus welchen Bereichen. Unfassbar, wie einfach er in die Wohnung kam. Per Schlüsseldienst. Die hatten ihm seinen billig gemachten Ausweis als Christoph Conradi abgenommen. Okay, knapp 200 Euro für den Schlüsseldienst, dazu die 288 Euro für die Axt. Knapp 500 Euro, das war okay. Er dachte an den Bremer Richter Sieler, der nachweislich und aktenkundig „alle Fußball-Fans als Gesocks" bezeichnet hatte. Auch der Befangenheitsantrag der Gegenseite, der sofort im Gerichtssaal erfolgte und dokumentiert wurde, war abgewiesen worden. Er selbst machte sich nicht viel aus Fußball. Aber: Alle Fußball-Fans Gesocks? Da würde auch noch ein Urteil vom OOLG erfolgen müssen. Endgültig, ohne, dass der Verteidigung das Wort erteilt wird.

Er grübelte. Es würde heute anders werden. Sie musste gleich kommen. Ihm hatten die bisherigen Urteile so unglaublich viel Freude bereitet. Er dachte an den Strick, diesen wundervollen Blick in die sterbenden Augen. Aber vielleicht wurde es auch noch befriedigender. Er streichelte sanft seine Sportaxt. Den Eid per Messer in einen Körper zu rammen, der vielleicht keine Beine und keine Arme mehr hatte. Wie wunderbar! Er war sich sicher. Sie müsste gleich erscheinen. Eigentlich war sie sogar schon ein wenig spät dran. Er dachte an Euagrios Pontikos Ende des 4. Jahrtausends. Und an die sieben Holzstiche von Hieronymus Cock nach Pieter Bruegel dem Älteren. Wie wundervoll und voller Wahrheit!

Es war Wahnsinn zu glauben, dass Betrug nicht gerächt wird. Oder war sie etwa gewarnt worden? Über seine Kontaktfrau am Amtsgericht hatte er die sichere Info, dass sie heute um 17 Uhr eine Mutter in Hamburg-Niendorf befragen würde. Oder hatte sie auch einen braunen Strich in ihrem Unterhöschen bekommen? Die Berichte in der Presse! Er stand auf und schwang seine OX 440 H. Die 2-Zimmer-Wohnung war klein. An den Wänden hingen überall Fotos vom Sohn der „Gutachterin". Ganz offensichtlich hatte der sich entschieden, beim Vater wohnen zu wollen. Conradi war geschieden. War auch ihr das Sorgerecht entzogen worden? Er überlegte. Im Wohnzimmer stand ein kleiner Schreibtisch. Gedankenverloren griff er zum Telefon darauf. Er klickte auf Menü, dann auf Anrufe. Letzte Nummer: 04863 /99990. Zielsicher holte er sein Samsung-Smartphone raus. War das Vögelchen doch schon ausgeflogen? Er ging zu Google. Telekom Rufnummer verfolgen. Sofort kam er zu „Rufnummern Rückwärtsuche". Dann der Treffer: Das StrandGut Resort, Am Kurbad 2, 25826 Sankt Peter Ording.

Er überlegte. Sankt Peter, etwa zwei Stunden. Dann wählte er über Festnetz die Telefonnummer 0 48 63/9 99 90.

„StrandGut Resort Sankt Peter Ording, mein Name ist Anneke Tietz. Was kann ich für Sie tun?“

„Moin, Christoph Conradi, meine Frau müsste bei Ihnen heute eingecheckt haben, Janina Conradi. Wir haben heute Hochzeitstag und da wollte ich Sie überraschen. Sie wissen schon....“

„Ja, Frau Conradi ist bei uns zu Gast“, sagte die Hotelfachfrau. „Wie kann ich denn da helfen?“

“Ich hab rote Rosen besorgt, Champagner dazu, ’türlich ein schönes Geschenk zum Hochzeitstag. Aber ich will sie in Sankt Peter überraschen und dann ’ne unvergessliche Nacht mit ihr verbringen. Sie wissen schon, Knick-Knack-mäßig.“

Die Worte „unvergessliche Nacht“ sprach er dabei betont langsam aus.

Anneke Tietz war begeistert von so viel Romantik. „Wie schön“, sagte sie und lachte. „Und Knick-Knack kenn wir natürlich auch hier an der Nordsee.“

Nun fühlte er sich sicher.

„Ich würd einfach so in zwei Stunden vorbeikommen. Aber bitte nichts verraten! Könn’ Sie mir dann ihr Zimmer aufschließen?“

„Ja, klar, Herr Conradi. Ich will der Liebe ja nicht im Weg stehen“, meinte Tietz und lächelte. Doch plötzlich wurde sie skeptisch. „Obwohl, ich weiß gar nicht, ob ich das darf. Woher weiß ich denn, dass Sie wirklich ihr Mann sind?“

„Also, ich bitte Sie, Frau Tietz. Es geht doch um die Liebe. Wer soll ich denn sonst sein? Aber wir können es ja so machen, dass ich Ihnen einfach vorn an der Rezeption mein Ausweis zeige. Ach, und Sie müssten auch unsere Nummer im Display sehen. Das ist unsre aus Norderstedt!"

Anneke Tietz notierte die Nummer im Display und verglich die Nummer mit der, die Janina Conradi bei der Anmeldung angegeben hatte. Dann lächelte sie.

„Alles klar, so machen wir es. Komm' Sie einfach vorbei. Und entschuldigen Sie, dass ich kurz so skeptisch war."

„Ach, gar kein Problem", antwortete er. „Das ist sehr lieb von Ihnen. Nur bitte nichts verraten! Dann bis gleich!"

Er verließ die Wohnung. Es schneite schon wieder. Im REWE-Markt im Herold-Center besorgte er schnell rote Rosen und Champagner. Bei Karstadt ging er gezielt zum Geschenkpapier-Stand, bei dem man seine Präsente selbst kostenlos verpacken konnte. Das große Paket seiner OX 440 H sah in dem roten Geschenkpapier mit goldenem Bändchen wunderschön aus.

Im Kofferraum seines Volvos hatte er zwei Verkleidungen. Er wählte die schwarze Perücke, die rote Brille und ein kleines Kissen, das ihm ein kleines Bierbäuchlein verschaffte. Dann fuhr er über die Dörfer Hasloh, Gut Wulfmühle und Borstel-Hohenrade nach Pinneberg zur Auffahrt auf die A23. Ziel: SPO.

Ihr lief ein eiskalter Schauer über den Rücken. Der aufgewirbelte Schnee peitschte ihr immer wieder ins Gesicht. Janina Conradi zog ihre Mütze noch tiefer ins Gesicht. Der weite Ordinger Strand war zu einer weißen, unwirklichen Schneelandschaft geworden. Der eisige Wind pfiff durch alle Ritzen ihrer dicken Daunenjacke, durch ihre Mütze und durch ihren Schal. In der Ferne sah sie schwach die Lichter des Stelzenrestaurants „Arche Noah", dem Haus am Meer an der Seebrücke. Conradi stapfte weiter durch den Schnee in Richtung „Arche Noah“. Sie stieg die verschneite Holztreppe hinauf zum bekannten Restaurant an der Nordsee. Als sie die Tür von Innen wieder zumachte, war es wie eine Erlösung aus dem tobenden Schneesturm. Die Psychologin setzte sich an einen Tisch am Fenster und bestellt einen Glühwein. Das war schon krass. Okay, heftige Proteste von Vätern waren sie gewohnt. Auf dem Fensterbrett brannte eine Kerze zwischen zwei leeren Moët-Champagnerflaschen. Conradi dachte an die dreitägige Väterwache vor dem Amtsgericht Hamburg. Aber was konnte sie bitte dafür, wenn sich der Idiot nur wegen so ein paar Zeilen gleich umbringt? Aber nun hatte es ihre beste Auftraggeberin erwischt. Ihre Steffi. Die hatte Eier!

Der heiße Glühwein tat gut. Die Verfahrensbeiständin war ihr nicht so wichtig. Da gab es viele, und eigentlich waren alle auf der Seite der Mütter. Ein paar laberten auch, dass Mama und Papa wichtig wären. Naja. Aber für ein Gutachten für ihre Steffi 17.000 Euro – das war schon absolut top. Sie hatte ihren Zeilendurchschuss so optimiert, dass die Seiten nur so flutschten. Dazu ihre ganzen uralten psychologischen Standardquellen, die schon für sich 50 bis 70 Seiten brachten. Und Steffi war in Hamburg die letzte, die sie als Gutachterin noch deckte. Ihr war immer noch kalt. Und die Väter schlugen ihre Kinder immer. Ratzfatz war das Sorgerecht weg – und wenn er ihnen komisch kam auch das Umgangsrecht. Fertig. Sie bestellte einen zweiten Glühwein. Durch die Scheibe waren in der Dunkelheit nur noch die dicken Schneeflocken zu erkennen. Auch der zweite Glühwein tat gut. Die Kälte war tief in sie eingedrungen. Conradi zahlte, zog sich wieder die dicke blaue

Daunenjacke, Mütze, Schal und Handschuhe an und ging hinaus in den Schneesturm. Zum Glück ging es zurück zu ihrem Hotel „StrandGut" nur noch über die lange, beleuchtete Seebrücke. Sie ging durch den Schnee an Gosch und dem Hotel Ambassador vorbei zu ihrem Hotel, das direkt bei der Dünen-Therme lag. An der Rezeption lächelte die Hotelangestellte so dämlich. „Was will die denn?", dachte Conradi. Und dann wünschte die Tussi ihr auch noch einen „traumhaften Abend".

Er hatte sich komplett entkleidet. Wenn Unrecht zu Recht wird, wird Widerstand zur Pflicht. Berthold Brecht. Nicht, dass er Conradi attraktiv gefunden hätte. Nein, es ging um die Blutspuren. Und es würde definitiv eine blutige Angelegenheit werden. Das Geschenkpapier hatte er von der Axtverpackung runtergerissen und in einen der blauen Müllsäcke getan. Dann die Handschuhe angezogen. Er machte sich über den Abtransport Sorgen. Wie würde er bloß die ganzen Pakete in seinen Volvo bekommen? Er hörte die Hotelkarte im Schloss. Er wartete hinter der Tür. Von hinten schmiss er sich wie ein Tiger auf seine Beute, den Knebel in der rechten Hand. Er stopfte ihr voller Wut und Gewalt den Knebel in ihr elendiges Gutachtermaul, riss ihr brutal die Arme zusammen und band den Strick so fest, dass ihr rechtes Armgelenk anfing zu bluten. Er packte ihre Beine und fesselte auch ihre Waden fest aneinander. Schließlich holte er die Axt.

Er drehte die am Boden liegende Gutachterin wie ein Paket um. Grauen und Entsetzen in ihrem Blick. Er wusste nicht, ob dies seiner Nacktheit geschuldet war oder seiner Ochsenkopf-Sportaxt, die er nun in seiner rechten Hand trug. Auch wenn es anders war, es war ein wunderschönes Gefühl von Überlegenheit und Gerechtigkeit. Dieser einmalige Blick, wenn es gleich zu Ende ging. Er verlas langsam das Gerichtsurteil. Bei Janina Conradi entlud sich alles. Ein elendiger Gestank. Ihre Jeans zeigte deutliche Spuren von Urin und Scheiße. Er überlegte. Auch die Arme waren nicht einfach abzutrennen. Wegen der Fesseln. Sollte er es dennoch probieren? Man muss auch im Gerichtssaal stets flexibel reagieren, entschied das OOLG und mit einem heftigen Schlag mit seiner Axt schlug er ihr den Kopf ab.

Er ging unter die Dusche. Obwohl der Blutschwall gewaltig war, hatte er nur ein paar Blutspuren an den Waden und durch das Laufen durch die Blutpfütze an den Füßen abbekommen. Er stellte die Dusche auf heiß und wusch alles gründlich ab. Nachdem er sich angezogen hatte, griff er sich an den Haaren den abgetrennten Schädel und verpackte ihn in einem blauen Müllsack. Er zog erneut seine Perücke auf, die Brille und das Kissen als sein dicker Bauch und verließ das Hotel über das Hotel-Restaurant „Deichkind". Von dort marschierte er über den Deich zur Nordsee-Klinik. Der Müllsack mit dem Kopf schlackerte im Wind. Bloß nie auffallen. Er hatte seinen Volvo auf dem Seitenstreifen vor der Kneipe Thalamegus in Sankt Peter-Bad geparkt, die von einer 91-jährigen Seemannsfrau betrieben und „Bei Omi" genannt wurde. Hier gab es keine Kameraüberwachung wie in Parkhäusern und es drohte kein Strafzettel. Aus diesem Grund fuhr er auch nie zu schnell und ließ sein Smartphone auf seinen Touren immer daheim, wegen einer möglichen Handy-Ortung. Er legte den Müllsack mit dem abgetrennten Kopf auf den Beifahrersitz und fuhr los. Über das Eidersperrwerk und Wesselburen ging es zurück auf die A21 und dann über Neumünster quer durch Schleswig-Holstein an die Ostseeküste nach Lübeck.

Es war ein langer Tag gewesen, der sich endlich seinem friedlichen Ende näherte. Hamburg, Sankt Peter und nun Lübeck. Dazwischen die Vollstreckung des Urteils. In dem Plastik-Sack verpackt lag der abgetrennte Kopf der Möchtegern-Gutachterin und wartete auf ihr Grab. Diesmal hatte er sich das Großsteingrab Pöppelsdorf im Waldhusener Forst nord-östlich von Lübeck ausgesucht. Wie eine gigantische Schildkröte erschienen ihm die Steine, als er sich im Schein seiner Kopflampe näherte. Er bückte sich, als er unter das Steindach trat und war von Ehrfurcht erfüllt.

Was für eine Leistung. Der größte Dachstein hier wog rund 18 Tonnen. Wie konnte der nur vor tausenden von Jahren bewegt werden? Die Kammer war fast acht Quadratmeter groß, überdacht von drei Dachsteinen. Ein Vermächtnis für die Ewigkeit. Und genau das wollte er auch. Ein Vermächtnis! Sein Vermächtnis!

Er schaffte die Tüte in die Grabkammer, öffnete sie und arrangierte sein Werk. Dabei flackerte der Schein der Kopflampe wild umher und warf gespenstische Schatten an die Steinwände. Der Wind pfiff kalt durch die Lücken zwischen den Steinen. Allerdings war kaum Schnee in der Kammer, was es für ihn einfacher machte. Um die Schuhe hatte er erneut Tüten gewickelt, die aber aufgrund des Schneemangels in der Höhle nicht so rutschig wie beim letzten Mal waren. Er legte den Kopf nieder. Zuletzt rammte er das Messer in den Mund des Totenschädels und nagelte diesmal den kategorischen Imperativ Immanuel Kants fest.

Handle nur nach derjenigen Maxime, durch die du zugleich wollen kannst, dass sie ein allgemeines Gesetz werde.

Zufrieden betrachtete er sein Werk. Er schoss mit seinem Handy zwei Andenken-Bilder, drehte sich um und machte sich auf den Heimweg.

Jollen-Kalli und die rote Steffi

Hamburg vor fünf Jahren

Nachdem Gromow ein paar Stunden geschlafen hatte, machte er sich wieder auf den Weg. Sein Ziel: Jollen-Kalli. Der trieb sich immer auf der Reeperbahn rum und sollte nicht allzu schwer zu finden sein. Und so war es auch.

Sturzbetrunken saß Hamburgs berühmtester Pfanddieb vor dem Clochard, der günstigsten Kneipe auf dem Kiez, auf dem Bürgersteig und starrte ins Nirwana. Dabei murmelte er leise vor sich hin und hielt krampfhaft eine Astra Flasche in der Hand. Hinter ihm lagen vereinzelte Flaschen, die er entweder schon geleert oder geklaut hatte. Jollen Kalli finanzierte sein karges Leben durch Pfandflaschen, die er gelegentlich geschenkt bekam, selbst sammelte oder eben organisierte, wie er es nannte. Sein Alter war unmöglich zu schätzen, aber es war irgendwo zwischen Fünfzig und Siebzig. Er saß auf einer Plastiktüte inmitten des Schnees, dem sich auch Hamburg nicht mehr erwehren konnte, und fror in seinen völlig unzureichenden Klamotten. Gromow trat näher und beugte sich herab.

„Mensch Jollen Kalli, solltest du nich' irgendwo drinnen sitzen? Hier erfrierst du doch."

Der trübe Blick des Obdachlosen wurde kurzzeitig etwas klarer.

„Logo, hab nur den Schlüssel für meine Villa grad verlecht", nuschelte er zwischen seinen gammligen Zähnen.

Gromow zeigte zum Eingang und warf den Köder aus.

„Komm schon Kalli, ich geb dir ne Jolle aus. Dann können wir drinnen sitzen und du kannst dich ma aufwärmen." Dabei griff er an den Oberarm und zog den Betrunkenen langsam hoch. Der schwankte ordentlich, mobilisierte aber alle Kräfte, um die unverhoffte Situation auszunutzen. Hinter der Eingangstür wurden sie kurz gemustert. Gromow schob Jollen-Kalli einfach weiter.

„Is schon gut, ich pass auf ihn auf und mach die Kotze weg. Aber ich muss mit ihm reden." Dabei legte er zehn Euro auf den Tisch und bestellte zwei Astra und einen Teller Schmalzbrote, die es im Clochard 24 Stunden am Tag und in der Nacht gab. Das Wechselgeld ließ er liegen und setzte sich dem langsam auftauenden Penner gegenüber.

„Wehe, du kotzt hier alles voll. Dann nehm ich dich zum Aufwischen."

Sein Gegenüber verzog das Gesicht zu einem angedeuteten Grinsen.

„Keine Sorge, hatte nur nen paar Jollen bisher."

Gromow runzelte die Stirn. In welchem Zeitraum, 60 Minuten?

Egal.

„Der stinkende Ulf sagt, du kannst mir was über meinen Chef erzählen, der Schmalzlocke mit der Sonnenbrille? Schieß ma los und du bekommst noch ne Jolle."

„Du bist nen Bulle?"

Irritiert flackerten seine Augen, die leicht gelblich waren. „Hätt ich jetzt nich' gedacht."

„Ist doch schnurzpiepegal, wer dein Bier bezahlt oder? Immerhin sitzt du nicht mehr in der Kälte und frierst dir den dünnen Arsch ab."

„Stimmt auch wieder", kam es von der Gegenseite. Jollen Kalli schien durch die Wärme wieder klarer zu werden und stopfte sich ein Schmalzbrot in den Mund.

„Also, wat is nu? Ich hab nich ewig Zeit."

Jollen-Kalli nahm einen Schluck von seinem Bier und beugte sich über den Tisch. Der Gestank war kaum auszuhalten und Gromow musste ein Würgen unterdrücken.

„Kennste die rote Steffi? Die steht hier manchmal an der Ecke und gibt mir nen paar Pfandflaschen. Die hat erzählt, ihr seid hinter dem Russen her. Aber der verarscht euch nur …"

Super, wenn man das Gespött der Reeperbahn war, dachte der Kommissar und hörte weiter zu.

„Sie sacht, der Russe is nich das Problem, sondern eure Schmalzlocke. Der spielt auf beiden Seiten mit."

Gromow zog eine Augenbraue hoch. Was sollte das heißen?

„Die ham alle Angst vor ihm. Der kassiert und fährt frei, sacht die rote Steffi."

Die rote Steffi kannte Gromow tatsächlich. Von der erzählte man sich erstaunliche Dinge auf der Reeperbahn. Angeblich kannte sie zu jedem Buchstaben im Alphabet eine Besonderheit und kassierte daher auch ganz unterschiedliche Preise, je nach Seltenheitswert. Sie würde bestimmt nicht mit ihm reden. Das war hier ungeschriebenes Gesetz. Mit Bullen redete man nicht, es sei denn, man war Junkie oder Penner. Wenn er sich recht erinnerte, war sie clean und so hatte er wenig in der Hand. Er ließ Jollen-Kalli mit einem weiteren Bier im Clochard zurück und ging zurück in die Kälte. Mittlerweile war es 17 Uhr. Vielleicht hatte er Glück und sie war schon bei der Arbeit.

Er hatte.

Sie lehnte im bunten Schneeanzug gelangweilt an der Wand unweit der Kneipe und kaute Kaugummi.

„Na Hübscher, heute gibt's nen Sonderrabatt beim W. Willste ma versuchen? Kennste bestimmt nich …", lächelte sie ihn trotz der Kälte an.

Das glaubte er ihr unbesehen und auf die Schnelle fiel ihm zu W auch wirklich nichts ein.

„Nee, lass ma Süße. Ich geb dir für F wie Frage einen Fuffziger, wenn du sie mir vernünftig beantwortest."

„B wie Bulle, so ne Scheiße. Hau ab man, du bist schlecht fürs Geschäft und das ist eh schon mies bei dem Wetter." Demonstrativ schaute sie in die andere Richtung.

„Pass auf, Steffi. Wir machen das so. Ich erzähl dir was und am Ende nickst du oder schüttelst den Kopf. Den Fuffi bekommst du in jedem Fall. Deal?"

Seine blauen Augen blickten sie direkt an und er wusste um ihre Wirkung. Er konnte sehen, wie sie über das Geld nachdachte, für das sie nicht viel tun musste.

„Okay", sie hakte sich bei ihm unter, „gehen wir nen Stück."

Gromow ging bereitwillig wie ein hoffnungsvoller Freier mit und begann zu reden.

„Mein Chef, die Schmalzlocke mit der Fliegerbrille, spielt ein doppeltes Spiel. Er kassiert bei euch ab, verspricht Schutz und gelegentlich mal eine Freirunde. Der Russe ist ihm in Wirklichkeit egal oder sie haben vielleicht sogar eine Abmachung. Dadurch, dass wir hier jeden Abend rumstehen, könnt ihr in Ruhe eurer Arbeit nachgehen. In etwa so?"

Sie blieb stehen, schaute ihn an und nickte ganz leicht.

„Du wirst hier niemanden finden, der dir das offiziell bestätigt. Also pass auf dich auf. Du bist ganz sympathisch, Kleiner …"

„Vielen Dank, Steffi. Du tust das Richtige. Ich kann dich schützen, wenn du es dir anders überlegst. Denk drüber nach."

Gromow drückte ihr den Fuffziger und seine Karte in die Hand und ging.

„Hey Süßer, nächste Woche gibt's Rabatt auf A. Vielleicht is das ja was für dich!?"

Er guckte über die Schulter, grinste und hob den Daumen.

Die neue Ausgabe der „BILD"

Kiel-Altenholz, 18.12. um 4.41 Uhr

Kathrin van Busche quälte sich aus dem Bett. Nick lag wie meistens in der Mitte ihres extra großen Ehebettes und ihre beiden „Männer" schliefen friedlich. Sie öffnete leise die Schlafzimmertür und verschloss sie ebenso. Es war kurz vor Weihnachten. Warum nur ausgerechnet jetzt so ein furchtbarer Stress? Was sollte das für sie bedeuten? Immerhin hatte Johann schon Anfang Dezember den Weihnachtsbaum im Wohnzimmer errichtet und wundervoll geschmückt. Es wirkte jeden Abend so friedlich. Van Busche konnte trotz der beiden letzten grausamen Nächte in Tarbek nicht mehr schlafen. Zu viele Dinge gingen in ihrem Kopf vor. Sie schlich hinunter in die Küche und schaltete die Kaffeemaschine an. Der Milchkaffee war grandios. Sollte sie endlich mal wieder mit dem Rennrad in die „Blume" fahren? Es war 4.51 Uhr - und stockduster. Sie fühlte sich kraftlos. Und Kraft würde sie heute noch brauchen, das war sicher. Sie machte sich einen zweiten Milchkaffee und beschloss, wie immer mit dem Käfer Cabrio zu fahren – auch wenn es irrsinnig früh war.

Um 5.47 Uhr fuhr Kommissarin Kathrin van Busche in ihrem Käfer über die Holtenauer Hochbrücke. Ein großartiger Ausblick auf die Lichter an der Kieler Förde. Die Sonne würde noch etwas brauchen, aber der Tag versprach, klar zu werden. Endlich mal kein neuer Schnee, freute sich van Busche. Auf dem Parkplatz im Innenhof der Bezirkskriminaldirektion in der Blumenstraße stand schon die rote Alfa Romeo Giulia von Pressechef Jan-Malte Christiansen. Er kam häufig erst gegen 10, aber wenn es brannte, war er immer einer der Ersten. Van Busche ging zunächst in die Küche und setzte einen Kaffee auf. Christiansen war sofort zur Stelle.

„Moinsen Kathrin, biste aus dem Bett gefallen?"

„Bin noch nicht so fit. Gib' mal die Zeitungen", antwortete van Busche nur. Für Klönschnack so früh am Morgen war sie noch nicht zu haben.

„Schitte böhn, is auch interessant", erklärte Christiansen und schenkte van Busche einen Kaffee ein.

Mit einer frischen Tasse Milchkaffee und ihrem typischen Presseüberblick der KN, des Flensburger Tageblatts, der Lübecker Nachrichten, der Dithmarscher Landeszeitung und der BILD Nord ging sie in ihr Büro. Wie konnte der Typ um die Uhrzeit schon so gut drauf sein? Naja, er war ja nicht mit in Tarbek, grübelte die Kommissarin. Obwohl normalerweise ihr Büro immer offenstand, verschloss sie die Tür. Ihr Telefon klingelte. Unbekannte Nummer. 6.23 Uhr.

„Van Busche, Kripo Kiel."

„Guten Morgen, Frau van Busche, Liebig hier", begrüßte sie der 48-jährige Landespolizeidirektor fast überfreundlich. „Wissen Sie, wer mich gerade angerufen hat, Frau van Busche?"

Was für eine bescheuerte Frage. Sie wusste es natürlich nicht. Aber wahrscheinlich Innenminister Franke. Der ehrgeizige Wolfgang Liebig war ein enger Vertrauter und Parteifreund.

„Ihre Frau? Sie sollen noch Besorgungen machen?", antwortete van Busche frech.

„Sehr witzig, Frau van Busche“, entgegnete Liebig nun merkbar sauer. „Und Sie denken nun bestimmt es war Innenminister Franke.“

„Also, Herr Liebig. Woher soll ich denn bitte wissen, wer Sie angerufen hat. Bei aller Liebe, die Frage ist doch idiotisch“, antwortete Kathrin van Busche.

„Laut DSGVO ist es nämlich verboten, die Telefonate des Landespolizeidirektors abhören zu lassen. Insofern KANN ich das gar nicht wissen.“

Beide spürten, dass die Spannung und die Wut stiegen.

„Schluss mit diesem Geschwätz“, schrie nun Liebig ins Telefon.

„Es war Ministerpräsident Mathis Metschies. Und er meinte, dass da gerade bei Ihnen ein Riesen-Haufen Scheiße abläuft! Ich wiederhole: RIESEN HAUFEN SCHEISSE! Ham Sie die BILD gelesen? Sagen Sie schon, ham Sie die BILD gelesen?“

Kathrin van Busche schaute nur auf die BILD-Titelseite und sah in riesigen Lettern neben einem Foto vom Fundort der Leichen in Tarbek „Motiv Rache!“

„Herr Liebig“, sagte van Busche nun freundlich, „natürlich hab ich schon alle relevanten Zeitungen zu dem Fall durchgearbeitet, auch die BILD. Is ja auch schon 6.27 Uhr. Wieso?“

„Motiv Rache! Motiv Rache!“, echauffierte sich nun Liebig. „Wieso erzählen Sie denn bitte so interne Sichtweisen unseres Polizeipsychologen öffentlich in der PK?“

Van Busche kochte vor Wut. Sie zögerte, um dann folgende Worte ganz langsam zu betonen.

„Es ist vielleicht ein wenig überspitzt von den Top-Journalisten der wichtigsten Zeitung Deutschlands, aber wir ermitteln auch in die gleiche Richtung.“

Todesstille in der Leitung.

„Und, Herr Liebig. Ich habe in der PK den Konjunktiv gebraucht. Konjunktiv! Das Video ist ja überall im Netz abrufbar."

„Das können Sie nicht bringen! Echt nicht", erklärte nun der Landespolizeidirektor. „Sein Sie doch bitte vernünftig. Wenn der Glaube an unsere Justiz stirbt, is Feierabend."

„So Herr Liebig. Wir reißen uns hier den Arsch auf", schrie nun Kathrin van Busche ins Telefon. „Und was macht die Justiz? Die Hamburger Richterin war eine miese Betrügerin! Is doch kein Wunder, wenn ein Vater durchdreht!"

Liebig atmete schnell und hektisch. „Dieses Telefonat wird Konsequenzen haben, Frau van Busche. Das garantiere ich Ihnen!"

Landespolizeidirektor Wolfgang Liebig legte auf.

Van Busche ließ sich wieder in ihren Schreibtischstuhl fallen, denn unbewusst war sie während des Telefonats aufgestanden. Die angestaute Luft entwich ihrer Lunge. „So ein Mist, jetzt bin ich zu weit gegangen", schoss es ihr durch den Kopf. „Die nehmen mir den Fall weg."

Langsam beruhigte sich ihr Puls, der Atem wurde gleichmäßiger. Ihr Blick fiel auf die Berichte der Kollegen, die gestern noch fleißig gewesen waren. Sie nahm den Stapel aus dem Eingangskorb und begann zu lesen, um sich abzulenken.

Gunnar Ludwig hatte die Autos der enttäuschten Väter überprüft. Keiner besaß einen schwarzen Kombi oder SUV. Kristian Rathjens hatte ohne jeden Zweifel Selbstmord begangen, als er von der Köhlbrandbrücke in den Hamburger Hafen gesprungen war. Dafür gab es mehrere

Zeugen und der Leichnam war kurze Zeit später gefunden worden. Dr. Mark Stier hatte seit zwei Jahren eine Professur an der Stanford Universität in Kalifornien und lebte mit seiner neuen Ehefrau in Palo Alto. Damit schied er vermutlich aus. Es sei denn, er hätte einen Mörder beauftragt. Fiete Prien wohl ebenfalls, denn der lag mit einem Beckenbruch in der Hamburger Uniklinik, weil er vor drei Wochen mit dem Fahrrad gestürzt war. Zudem hatte er wieder regelmäßig Kontakt zu seinen Kindern, da seine Ex-Frau schwer erkrankt war. Blieb noch Ulrich Buick, wohnhaft in Pinneberg, geschieden und schon mehrfach mit dem Gesetz in Konflikt gekommen. Körperverletzung, Alkohol am Steuer und Fahrerflucht, Ruhestörung. Zur Zeit lebte er von Harz IV, durfte seine Kinder nicht sehen und wohnte auf einem alten Resthof bei seiner Mutter. Das einzige Problem war, er hatte weder Führerschein noch Auto. Van Busche fehlte die Phantasie, ihn in Verbindung mit diesen grausamen Morden zu bringen. Trotzdem würde sie heute jemanden zu ihm schicken. Oder sollte sie ihren guten Freund und Detektiv Alexei Gromow mal bitten, ihn unter die Lupe zu nehmen? Er wohnte gleich um die Ecke. Sie entschied sich dagegen, da er die letzten Male schon genug gelitten hatte. Scholz und einer der Neuen sollten das übernehmen.

Die Recherchen und Befragungen im Umfeld von Rechtsanwalt von Rotenstein hatten im Wesentlichen nichts Neues gebracht. Alle bestätigten seine Eitelkeit und seinen Hochmut. Erst kam er, dann lange nichts. Seine Fälle gewann er durch rhetorisches Geschick, weniger durch gute Kenntnisse. Damit passte er hervorragend ins private Fernsehen, wo Quantität auch vor Qualität ging. Natürlich gab es diverse Personen, die nicht begeistert von ihm waren und er hatte auch immer mal wieder Drohungen erhalten. Diese gingen die Kollegen gerade durch und versuchten, Auffälligkeiten zu finden. Das würde noch ein wenig dauern. Auf jeden Fall würde sie der Kanzlei einen Besuch abstatten.

Ludwig hatte ihr auch noch einen Wikipedia-Auszug hingelegt, weil sie sich gestern über die Bedeutung der Gräber unterhalten hatten. Sie las ihn aufmerksam durch.

Neolithische Monumente sind Ausdruck der Kultur und Ideologie neolithischer Gesellschaften. Ihre Entstehung und Funktion gelten als Kennzeichen der sozialen Entwicklung.
Der Däne J. J. A. Worsaae (1821–1885) entdeckte bei Ausgrabungen von Großsteingräbern in Jütland bisweilen menschliche Knochen, worauf er die Anlagen als Gräber einstufte, während sie zuvor meist als Kult- und Opferplätze galten. In den Flachgräbern der Trichterbecherkultur liegen die Knochen meist in anatomischem Verband, während dies in Großsteingräberhorizonten der Trichterbecherkultur selbst bei ungestört angetroffenen Anlagen nicht der Fall ist.
Von einigen Forschern wird die Frage diskutiert, ob es sich bei den Anlagen überhaupt um Gräber handelt. In vielen wurden keine menschlichen Überreste gefunden, besonders wenn der Boden sauer ist. In den meisten übrigen waren die Knochen der Trichterbecherleute unvollständig und selten im anatomischen Verband befindlich. Da die meisten Kammern durch Zugänge wiederbetretbar waren, nahm man anfangs an, dass sie Erbbegräbnisstätten der Bauerngeschlechter gewesen seien, in denen mehrere Generationen bestattet wurden. Einzeln oder in Gruppen liegend spiegelten sie die Wohnweise in Einzelhöfen oder Hofgruppen wider. Im Gegensatz dazu steht die Theorie, die die Errichtung der Anlagen für sozial hervorgehobene Menschen annimmt. Weitere Bestattungen in den Kammern sind z. B. mitbestattete Diener oder Ehegatten, die ihren Herrn ins Jenseits begleiteten. Diese Theorie, die aufgrund von Befunden aus dem nordöstlichen Niedersachsen erarbeitet wurde, führt die Beobachtung an, dass die Funde eher auf eine für Erbbegräbnisse zu kurze Belegungsdauer (etwa 100 Jahre) hinweisen. Nicht nur die Frage der sozialen Stellung der Bestatteten (darunter auch Kinder) in den Anlagen kann beim derzeitigen Forschungs-

stand nicht beantwortet werden, auch in Bezug auf ihre Funktion steht man auf unsicherem Boden. So wurden Zweifel an ihrer Bestimmung als Gräber im eigentlichen Sinne laut. Wurde früher die Unordnung in den Kammern als die Folge des Zusammenschiebens älterer Bestattungen beim Einbringen einer neuen erklärt, so fragt man sich heute, warum man auch bei der Ausgrabung von ungestört gebliebenen Kammern nicht auf die zuletzt eingebrachte Bestattung in Form eines zusammenhängenden Skelettes stößt (siehe Grab B der Sieben Steinhäuser). Aufgrund dieser und weiterer Beobachtungen lebt eine bereits im 19. Jahrhundert in Schweden und Deutschland vertretene Meinung wieder auf, nach der die Anlagen Beinhäuser gewesen sein könnten, in denen nur die skelettierten Knochen der Verstorbenen niedergelegt wurden. Hinweise auf das Abbrennen von Feuern inner- (Ausfeuern) und außerhalb der Kammern, auf absichtliches Zerschlagen von Tongefäßen, auf die Anlage rational schwer deutbarer Gruben im Kammerboden (Megalithgräber von Hagestad) und ähnliche Beobachtungen lassen vermuten, dass die Megalithanlagen weit mehr in den Bereich kultischer Handlungen einbezogen und Schauplätze eines differenzierten Rituals waren, als dies bei Grabstätten der Fall ist. Nicht zu übersehen ist der repräsentative Charakter der Anlagen, der durch lange oder runde Einfassungen betont wurde.

Das war zwar interessant, brachte sie aber auch nicht wirklich weiter. Wenn sich selbst die Forscher uneins über die Bedeutung waren, wie konnte da ein deutlicher Zusammenhang entstehen? Vielleicht sollte sie noch mit einem Geschichtsprofessor reden und alle Gräber überwachen lassen. Allerdings gab es alleine in Schleswig-Holstein rund 120 Steingräber. Sie schob es auf ihrer Prioritätenliste weiter nach hinten.

Sie hatten gestern noch versucht, Kontakt mit Dr. Janina Conradi in Norderstedt aufzunehmen. Aber niemand hatte der Streife geöffnet, die sie zur Wohnung geschickt hatten und ans Telefon ging sie auch nicht. Ein Nachbar hatte gemeint, dass sie vielleicht an die Nordsee gefahren sei, das täte sie öfter mal. Aber ob Husum, Büsum oder Nordstrand, das wüsste er nun wirklich nicht. Van Busche hatte noch bei der Kripo Hamburg angerufen und um eine Überwachung der Wohnung gebeten. Die wollten sich darum kümmern, konnte aber aufgrund der Personallage nicht versprechen, dass es noch nachts losgehen konnte.

Durch ihr Fenster konnte sie erste Sonnenstrahlen der langsam aufgehenden Sonne erahnen und spürte dabei aber eine innere Kälte. Wenn es tatsächlich ein Serienmörder war, der sich an der Justiz rächen wollte? Der Fall würde ungeahnte Ausmaße erreichen. Aber noch hoffte sie auf eine Verbindung zwischen den Toten und einem emotionalen Motiv wie Enttäuschung oder Rache.

Lust und Laster

Hamburg Winterhude, 18.12. um 9 Uhr

Staatsanwalt August Franke streckte sich und blickte an die Decke seines Schlafzimmers. Was er in dem großen Spiegel sah, gefiel ihm außerordentlich. Zwei nackte junge Frauen lagen links und rechts neben ihm und schliefen. Rund um das Bett verteilt waren die Kleidungsstücke, die sie sich gegenseitig ausgezogen hatten. Auf den beiden Nachttischen standen Gläser und leere Flaschen, dazu seine kleine Metallschachtel mit aufregenden bunten Pillen. Das hatte sie so richtig in Stimmung gebracht. Auch wenn er sich nicht mehr an alles erinnern konnte, so war es eine erlebnisreiche Nacht gewesen. Die Blonde links neben rekelte sich ein wenig und er überlegte kurz, ob er noch Zeit und Lust hatte. Aber er war schon zu spät. Er hätte um 9 Uhr an einer Befragung teilnehmen sollen. Das würde er nicht mehr schaffen. Die sollten ruhig warten. Er hatte eh den Ruf eines exzentrischen Lebemannes und den konnte er weiter pflegen. Seine Stellung erlaubte ihm das, zumal sein direkter Vorgesetzter ihm seit einer Party vor zwei Jahren einen großen Gefallen schuldete. Er hatte ihn auf der Toilette mit einem Callboy erwischt und seitdem teilten sie das kleine Geheimnis des Oberstaatsanwaltes. Rechts neben ihm kam ein weiteres Lebenszeichen. *Life is a bitch but if you're lucky you marry one*, dachte er noch kurz, bevor er sich langsam an die Brünette ranschob und ihr einen Kuss auf den Hals hauchte. Dabei entfachte er bei der Blonden eine kleine Eifersucht, die sich ihrerseits an ihn kuschelte. Ihre Hand fuhr in Richtung seiner Lenden.

Alexei Gromow wachte auf, als er Maria unter der Dusche hörte. Ihr betörender Geruch hing ihm noch in der Nase und eine glückselige Wärme durchströmte ihn, als er an den Abend und die Nacht dachte. Maria und er waren jetzt seit fast zwei Jahren ein Paar und vor ein paar Monaten war sie bei ihm in dem kleinen Haus in Prisdorf eingezogen. Das ehemalige Hausmeisterhaus auf dem Gewerbegelände war ein Glücksgriff gewesen, den er seinem Freund Jochen zu verdanken hatte. Jahrelang hatte er über der Werkstatt der Hobbyschrauber gewohnt und als die Räumlichkeiten für hochpreisige Mietwohnungen abgerissen wurden, waren Jochen und seine Jungs in den Gewerbepark nach Prisdorf gezogen. Dabei hatten sie ihm das kleine Haus empfohlen und er hatte trotz schwacher Auftragslage zugegriffen. Durch seine Rolle in dem spektakulären Entführungsfall von Burkhard Karniak war er zumindest einer der bekannteren Privatdetektive und konnte auf bessere Aufträge hoffen. Maria war Lehrerin in Ausbildung und musste jeden Morgen nach Elmshorn. So war es für sie ein willkommenes Angebot, aus Kiel zu ihm zu ziehen. Erst war es schwierig für beide gewesen, ihre geliebten Freiheiten aufzugeben und sie hatten sich regelmäßig gezofft. Mittlerweile genossen sie aber die Vorzüge der Zweisamkeit. Er beschloss, Maria unter der Dusche zu helfen.

Eine Stunde später saß er in seinem Büro, welches ebenfalls in dem kleinen roten Backsteinhaus eingerichtet war. Maria war zur Schule gefahren und er wollte seine letzten Berichte zu abgeschlossenen Fällen schreiben. Lustlos hing er vor seinem Laptop und tippte mühsam seine Zeilen. Es klopfte und ohne eine Antwort abzuwarten, stand ein junger Bursche vor ihm, der nicht älter als fünfzehn sein konnte.

„Sind Sie der Detektiv?"

„Naja, der Hausmeister wohnt ein Haus weiter. Also ja. Wieso willste das wissen?"

„Ich such meinen Vater", erwiderte der Junge, ohne eine Regung.

„Dann frag doch mal deine Mama", rutsche Gromow etwas empathielos raus.

„Die will es mir nicht sagen. Schlechter Umgang meint sie."

„Dann hat sie vielleicht recht. Sie kennt ihn ja bestimmt schon länger als du."

„Er is abgehauen, als ich acht war. Aber ich finde, mit dreizehn kann ich selbst entscheiden, ob ich ihn sehen möchte." Der Junge guckte ihn mit großen braunen Augen an. Sein schwarzes Haar lag ihm wild über der Stirn.

„Okay und wie stellst du dir das vor? Ich arbeite nicht umsonst."

„Ich hab Geld gespart und bezahle", dabei legte er fünf Hunderter auf den Schreibtisch. Ein Zucken umspielte seine Lippen und sein Blick glitt kurz zur Seite. „Hatten Sie heute Morgen Sex? Sie gucken so leicht dümmlich."

Gromow fiel der Unterkiefer runter. So etwas Direktes hatte er schon lange nicht mehr erlebt. Wieder zuckte der Junge kurz und der Blick wurde fahrig.

„Pass ma auf, du Klugscheißer. Erstens geht dich das nichts an und zweitens reichen 500 Euro gerade mal für zwei Tage."

„Dann fangen Sie mal an. Für son Supermann wie Sie kann das ja nicht so schwierig sein." Der Junge zog eine Postkarte aus der Jacke und warf sie auf den Tisch.

„Das ist das Letzte, was ich von ihm gehört habe. Eine Geburtstagskarte zu meinem Zehnten."

Gromow griff über den Tisch und nahm die Karte. Dabei berührte er die Hand des Jungen, die noch auf dem Tisch lag. Sofort zuckte er zurück, starrte den Detektiv an.

Irgendwas stimmte mit dem Kind nicht, dachte Gromow, während er die Karte betrachtete. Auf der Vorderseite war der Hamburger Michel und auf der Rückseite ein paar Glückwünsche. Mehr nicht.

„Hast du einen Namen für mich?", fragte er.

„Franz Schimmer."

„Letzte Adresse?"

„Keine Ahnung. Hat meine Mutter mir nie gesagt."

Gromow notierte noch ein paar weitere Daten und die Telefonnummer des Jungen, der Frank hieß.

„Coole blaue Augen, aber nen scheiß Haarschnitt", sprachs und verschwand.

Nachdem Alexei Gromow seine Verwunderung überwunden hatte, griff er zum Telefon und rief seinen ehemaligen Kollegen, Freund und Kletterpartner Volker Koch an.

„Moin Alexei", brummte dieser ins Telefon.

„Ahoi Volker, ich brauch mal wieder deine Hilfe", erwiderte der Detektiv, da er wusste, wie sehr Koch Smalltalk hasste.

„Und?"

„Franz Schimmer. Kannst du ihn mal durch den Computer jagen?"

„Hmmm …"

Gromow hörte im Hintergrund eine Tastatur klacken.

„Nix."

„Mist. Und Meldeverzeichnis?"

Wieder das Klacken der Tastatur.

„Osterstraße 12."

Er blickte auf das Papier vor ihm. Dort standen die Informationen, die ihm der Junge gegeben hatte. Und ganz unten bei seiner eigenen Adresse stand: Osterstraße 12.

„So ein Mist. Der hat sich nie umgemeldet. Trotzdem Danke. Morgen 18 Uhr im DAV Kletterzentrum?"

„Logo. Bis denne …"

Und zack war das Telefonat beendet.

Die Kanzlei Ferdinand von Rotenstein

Kiel-Düsternbrook, 18.12. um 14.57 Uhr

Kathrin van Busche und Fiete Denzau saßen auf einem der vier weißen italienischen Designer-Ledersofas im Vorraum der edlen Kanzlei Ferdinand von Rotenstein. Es war eine merkwürdige Stille. Die historische Villa war van Busche zu perfekt, zu schlicht. Die Wände hellgrau, das Landhausdielen-Luxusparkett aus geöltem bolivianischen Rosenholz. Dazu als Farbtupfer zwei Original-Gemälde von Emil Nolde. Van Busche stand auf und betrachtete die Bilder „Nadja“ aus dem Jahr 1919 und „Heuwiese“ aus dem Jahr 1907. Jeder, der hier wartete, wusste sofort: Hier verkehrt kein Normalbürger. Ferdinand von Rotenstein, der tote Star-Anwalt stand an der Spitze seiner Zunft.

„Was die Dinger wohl kosten? “, fragte Denzau. Der junge Kollege war erst seit einem Jahr bei der Polizei und van Busche kannte ihn bislang nicht besonders gut.

„Bei der *Heuwiese* weiß ich es nicht, aber *Nadja* ist letztens bei einer Kunst-Auktion für 2,5 Millionen weg gegangen. Stand in den KN.“

Fiete Denzau pfiff laut. Van Busches Handy vibrierte.

„Moin Kathrin, ich bin's Thomas. Geht's grad?“

Van Busche sprach ganz leise, „Bin grad in der Kanzlei von Rotenstein. Mach's kurz, Thomas. Was Wichtiges?“

„Klar, sonst ruf ich dich doch nicht aufm Handy an“, antwortete Meyer. „Ich war mit Sven-Uwe und Aslan bei so nem Elternverein, heißt Papa Mama auch.“

„Und?“

„Der Vorsitzende hier in Hamburch, Adrian Riedel, hat uns ne paar Sachen über seine Mitglieder Mark Stier und Ulrich Buick ausgeplaudert. Höchstinteressant."

„Okay, Wasn?"

„Stier hat wohl mehrfach gesagt, dass er die Richterin kalt macht. Nach den Sitzungen beim Bier."

Die Sekretärin öffnete die Tür und bat die Beamten mit einer Handgeste, ihr zu folgen.

„Zur Not würde er nen Killer beauftragen. Der ist jetzt aber in den USA, ausgeflogen. Soll ich Amtshilfe beantragen? "

„Sorry, Thomas. Muss Schluss machen. Ruf nachher zurück."

Van Busche legte auf und ging mit Denzau in den Besprechungsraum. Hellgraue Wände, Rosenholz-Parkett, weißer Designer-Tisch mit Stühlen und als farblichen Akzent das Gemälde „Marschlandschaft am Untenwarf". Natürlich wieder Nolde, 1920. Sie stellte sich an das Panoramafenster und blickte in den äußerst gepflegten Park der Villa. Auch die Lage der Kanzlei von Rotenstein war perfekt. Düsternbrook, das noble Kieler Villenviertel, Sitz der Landesregierung. Von hier oben hatte man sogar einen direkten Blick auf die Kieler Förde. Nur der Anblick auf das Maritim-Hotel, das etwas in die Jahre gekommen war, störte die traumhafte Aussicht ein wenig. Trotzdem ein Blick wie eine Postkarten-Landschaft.

Ein blonder Mann im hellen Anzug, Mitte 30, begrüßte die Beamten.

„Louis Taplik. Ich bin hier Junior-Partner in der Kanzlei. Was kann ich für sie tun?"

„Wir ham natürlich ein paar Fragen“, antwortete van Busche und holte sich einen Notizzettel raus. Zunächst notierte sie sich: *Mark Stier, Amtshilfe USA?, Daten checken über Gunnar, nur Anruf?* Dann blätterte sie um.

„Was war denn Ferdinand von Rotenburg so für ein Typ?“

„Er war ein fantastischer Anwalt. Allein seine Aura“, schwärmte Taplik. „Ich kann nichts Negatives über ihn sagen. Ich wiederhole: Nichts.“

„Aber es gab ja schon des Öfteren Probleme bei den Fällen, oder?“

„Wissen Sie, Frau Kommissarin“, sagte Taplik, „dies liegt in der Natur der Sache. Wir sind eine Kanzlei, die aufgrund von unterschiedlichen Rechtsauffassungen beauftragt wird.“

Kathrin van Busche biss sich leicht auf die Lippen. Was für ein Idiot! Typisch Jurist.

„Also, gab es denn Fälle, die besonders problematisch warn?“, fing van Busche nun von vorne an. „Wir wollen den Mörder von Herrn von Rotenstein finden und suchen nach Anhaltspunkten.“

„Meinen Sie problematisch im juristischen Sinne?“

Van Busche schaute ratlos zu Denzau.

„Mann, ist doch scheißegal“, polterte Denzau nun los. „Wollte ihm jemand an Kragen? Ihn platt machen? Gab’s Drohungen?“

Louis Taplik schaute verstört zu Fiete Denzau, dann wieder zu van Busche.

„Okay, okay, verstehe“, antwortete der Anwalt. „Unsere Kanzlei wird von einer bestimmten Sorte von Mandanten beauftragt. Es geht meist um Wirtschafts- und Steuerstrafrecht, in bestimmten Fällen auch um Strafrecht.“

„Okay, okay, verstehe“, sagte nun auch van Busche. „Es geht also immer um richtig Kohle und Zoff.“

„Es ist so“, erklärte der Rechtsanwalt Louis Taplik ruhig, „dass wir derzeit einen Stundensatz von 650 Euro haben, beim Chef lag dieser meist weit drüber.“

Taplik schaute van Busche in ihre braunen Augen und schien leicht irritiert.

„Äh, also, äh. Meist sind das dann viele, viele Stunden. Da muss natürlich auch der Gegenwert stimmen. Sonst macht das ja keinen Sinn.“

„Wir brauchen Namen, Fakten, Herr Taplik.“

„Bitte haben Sie Verständnis, dass ich mich an Spekulationen nicht beteiligen möchte“, erläuterte Louis Taplik. „In der Tat gab es Morddrohungen in diesem Jahr gegen Ferdinand, aber seriöse Anwälte sollten sich immer strikt an die Fakten halten.“

„Morddrohungen? Und das sagen Sie jetzt!“, van Busche war fassungslos. „Von wem?“

„Wie bereits gesagt, wir wissen dies nicht und möchten uns auch nicht an Spekulationen beteiligen. Dies ist Angelegenheit der zuständigen Staatsanwältin.“

Kathrin van Busche war restlos bedient. Da ermittelt die Staatsanwaltschaft — und kein Schwein sagt ihr Bescheid.

„Gibt's denn nen Verdacht?“

„Wir Juristen unterscheiden diesbezüglich zwischen Anfangsverdacht und hinreichendem Verdacht. Es geht um Androhung einer Straftat nach Paragraph 126 StGB. In beiden Fällen muss die Staatsanwaltschaft ermitteln. Unsere Kanzlei arbeitet eng mit der Staatsanwaltschaft zusammen und hat alle relevanten Unterlagen übermittelt.“

„Mann, Digger, sach uns den Namen! “, schoss es nun laut aus Denzau raus. „Wenn der deinen Chef umgelegt hat, holen wir uns die miese Ratte.“

Jetzt schauten sich Taplik und van Busche ratlos an. Van Busche klopfte Denzau zweimal kurz auf seinen Oberschenkel. Motto: Klappe halten!

„Also, ich habe nun mal ne ganz andere Frage“, begann die blonde Kommissarin erneut. „Was für spektakuläre Fälle von Ferdinand von Rotenburg gab's denn dieses Jahr?“

Louis Taplik atmete tief durch, wie bei einer großen Befreiung.

„Ferdinand hat dieses Jahr die Thalia Holding GmbH in einem Squeeze-Out-Verfahren um das Unternehmen buch.de vertreten“, begann Taplik. „Wir haben wie eigentlich immer gewonnen. Der Antragsgegner heißt Finn Flindt. Er ist untergetaucht.“

„Squeeze-Out?“, fragte van Busche verblüfft und schrieb sich den Namen Finn Flindt in großen Lettern in ihr Notizbuch.

„Es war alles in Rahmen der Gesetzgebung“, begann Taplik. „Bei diesem Ausschlussverfahren werden die Aktien der Minderheitsaktionäre, in diesem Fall von Finn Flindt, auf den Hauptaktionär übertragen.“

„Das hört sich aber echt link an“, sagte Denzau.

„In der Tat gibt es beim Squeeze-Out häufig Ärger um die Höhe der Barabfindung“, erklärte der Anwalt. „Ein prominentes anderes Beispiel war T-Online. Mit Tausenden Klagen von Anlegern.“

„Danke, Herr Taplik“, sagte nun Kathrin van Busche. „Finn Flindt habe ich mir notiert. Aber ich hab noch eine letzte Frage. Ferdinand von Rotenstein galt doch als extrem arrogant, richtig? Hat das seine Gegner doppelt wütend gemacht?“

„Liebe Kommissarin“, erwiderte nun Louis Taplik, „zwischen Arroganz und Neid liegt nicht viel. Wir sind ganz im Gegenteil zurecht stolz darauf, dass viele neidisch auf unsere exzellente Arbeit als Kanzlei sind.“

Van Busche stand auf. Das hier war auf jeden Fall nicht ihr Ding, auch wenn Taplik gewiss nicht blöd war. Fiete Denzau folgte ihr. Louis Taplik begleitet die beiden zum Ausgang.

„Coole Bilder übrigens und ja sauteuer, oder?“, lobte und fragte Denzau zum Abschied.

„Ferdinand mochte sie“, sagte Taplik. „Ich persönlich investiere mein Vermögen lieber in Immobilien und Automobile.“

Louis Taplik schaute van Busche von oben bis unten an und fragte: „Mögen Sie Autos?“

Jetzt schaute die Kommissarin auch Taplik das erste Mal genau in seine blauen Augen. Sie sagte aber nichts.

„Wir können ja ein anderes Mal über schöne Dinge wie Autos und Frauen talken, wenn Sie mögen.“

Van Busche und Denzau stiegen in ihren dunkelblauen Mondeo und fuhren wortlos davon. Selbst Denzau fiel nichts ein. An der Ampel an der Feldstraße fragte van Busche.

„Hat der echt talken gesagt?“

„Ja, echt krass der Typ“, meinte Fiete Denzau.

Spätdienst auf dem Kiez

St. Pauli vor fünf Jahren

Alexei Gromow wartete schon seit über einer Stunde auf der Reeperbahn. Treffpunkt war wie immer zu Dienstbeginn die Currywurstbude schräg gegenüber von der Davidwache. Spätdienst – und dazu wieder mit Stührwoldt-Vestermann. Ein Albtraum. Es war schon 16.17 Uhr. Der selbstverliebte Sohn des Hamburger Polizeipräsidenten kam ständig zu spät, aber fast eineinhalb Stunden? Gromow dachte an die Gespräche mit Jollen-Kalli und der roten Steffi. Er rief mit seinem Handy auf der Wache an.

„Moin, hier is Alexei. Sach ma, hat sich mein Partner krankgemeldet?"

Gromow sprach das Wort „Partner" dabei mit einer gewissen Ironie aus, ohne dass es ihm hätte falsch ausgelegt werden können.

„Scheiße, ist Hubertus schon wieder nich da?", fragte Polizeihauptmeister Max Masuch.

„Ne, is jetzt schon das vierte Mal in den letzten zwei Wochen. Und meist ne ganze Stunde zu spät", antwortete Gromow trocken. „Mach ma ne Meldung."

„Alexei. Ich weiß, dass du sauer bist", sagte Masuch. „Aber das bringt nix. Die kann ich gleich in die Tonne schmeißen. Du kennst doch sein Vadder."

„Ja, ja, schon gut. Ich geh' dann allein auf Tour. Sach ihm Bescheid, falls er doch noch eintrudelt."

Alexei Gromow ging zu ihrem grauen VW-Passat, der wie immer in der Trommelstraße gegenüber der Eckkneipe Holsten-Schwemme stand. Der Zivilfahnder startete den

Wagen. Was ein blöder Arsch! Gromow beschloss, auf eine Tasse Kaffee und ein Stück Kuchen nach Teufelsbrück ins Café „Engel“ zu düsen. Erstmal aufwärmen. Er fuhr über den Ring 2 und Palmaille Richtung Elbchaussee. Heute würde auch er sich nicht den Arsch aufreißen. Und das schwimmende Café auf der Elbe war einer der schönsten Orte Hamburgs, wie er fand. Er hatte schon die eine oder andere Bekanntschaft mit einem Elb-Spaziergang von der Strandperle am Övelgönner Strand bis nach Teufelsbrück beeindruckt. Endlich schien in Hamburg die Sonne. Kalt, aber wunderschön. Gromow parkte den Passat vor dem Café, das auf einem Ponton lag und zugleich ein Bootsanleger für die HVV-Elbdampfer war. Er bestellte einen Käsekuchen mit Sahne und einen Milchkaffee und schaute lustlos hinüber nach Finkenwerder. Irgendwie musste er weg von Stührwoldt-Vestermann. Sollte das stimmen, was Jollen-Kalli und die rote Steffi angedeutet hatten, dann konnte er eh die ganzen monatelangen Ermittlungen gegen den Russen vergessen. Es war alles Kacke. Der Polizeioberkommissar holte einen Kuli und einen Zettel raus und machte sich Notizen. Klar werden im Kopf. Er würde gleich zurück auf den Kiez fahren. Jollen-Kalli tat alles für ein Bier, vielleicht hatten die ihn auch nur verarscht.

Gromow zahlte und fuhr über die Elbchaussee zurück auf die Reeperbahn. Seine Jungs trafen sich heute Abend auf ein paar Bier in ihrer Motorradwerkstatt in Pinneberg. Einfach ein bisschen über Bikes und Frauen plaudern, ein wenig schrauben und Bier trinken. Darauf hatte er richtig Bock. Plötzlich musste er voll in die Bremsen gehen. Ein Typ mit Lackschuhen, Jeans, Jackett und Sonnenbrille torkelte sturzbetrunken über die Straße. In der rechten Hand einen dicken Batzen Hunderter-Scheine, zusammengehalten mit einer Heftklammer. Scheiße, Stührwoldt-Vestermann! Gromow hatte die Fensterscheibe runtergelassen und wollte losschimpfen, aber er war sprachlos.

„Ey Kleina, da bissu ja“, lallte Stührwoldt-Vestermann. „Schau nich so bescheuert. Als Zivilbulle aufm Kiez muss man sich ma richtig zulöten.“

Alexei Gromow ließ wortlos die Scheibe hoch und verschloss den Passat per Knopfdruck von innen.

„Kleina, bissu mischugge? Mach die Dreckskarre auf!“, pöbelte Hubertus Stührwoldt-Vestermann.

Gromow gab Gas und brauste davon. Er würde später sagen, dass er seinen Chef an diesem Tag nie gesehen hätte …

Konsequenzen

Pinneberg, 18.12. um 16 Uhr

Angelica Scholz und Sinje Wahlsen bogen von der Hauptstraße in die kleine Straße Wischhof ein, die auch am Nachmittag noch nicht geräumt war. Es sah eher wie ein kleiner Zuweg aus. Die Fahrt von Kiel nach Prisdorf bei Pinneberg war der reinste Höllenritt gewesen. Schnee, Norddeutschland und Autofahren passten einfach nicht zusammen. Räumdienste wurden jährlich vom einsetzenden Schneefall überrascht, Autofahrer, die bestenfalls mit Ganzjahresreifen unterwegs waren, ebenfalls. Sie waren über die mit Baustellen gespickte A7 gekrochen, der A23 gefolgt, um sich dann durch Pinneberg-Süd und über die Hochbrücke zu kämpfen. Scholz als Fahrerin war sichtlich genervt, aber froh, dass ihre neue Partnerin Sinje Wahlsen ein angenehmer Mensch war, mit dem sie sich gerne unterhielt. Wahlsen war neu bei der Kripo, gerade mal siebundzwanzig und eine Frohnatur. Ihre langen dunklen Haare schauten unter der Mütze hervor, die sie auch im Auto nicht abgenommen hatte. Sie waren auf dem Weg zu Ulrich Buick.

„Resthof scheint hier ja mal wirklich zu passen“, murmelte Scholz und ließ den Mondeo am Ende des Wischhof ausrollen.

„Was für ein Loch“, erwiderte Wahlsen mit Blick auf das baufällige Gebäude, das nicht so aussah, als könne es den Winter überstehen. Mit Pappe geflickte kaputte Fenster, ein Dach, was den Namen nicht verdiente und überall von Schnee belagerter Bauschutt.

„Hoffentlich geht die Heizung. Keine Lust, Weihnachten krank zu sein.“ Scholz schaute zweifelnd zum Gebäude.

Ihre Kollegin knöpfte sich den Mantel zu und zeigte auf die rechte Seite.

„Da qualmt ein Kamin. Wird schon passen. Komm."

Eine Klingel gab es nicht, also klopften sie laut an die Tür.

„Vorsicht, die fällt gleich aus den Angeln", grinste Wahlsen.

Von drinnen näherten sich schlurfende Schritte.

„Wer is da?", vernahmen sie.

„Kripo Kiel, wir haben angerufen."

Die Tür öffnete sich langsam und sie blickten in ein vom Leben gezeichnetes Gesicht. Düster und schmal.

„Können wir reinkommen?", fragte Scholz, „wir haben ein paar Fragen zur Richterin Salz."

Die Tür ging weiter auf und sie traten langsam ein, etwas unsicher, ob sie die Schuhe in dem Chaos ausziehen sollten.

„Lassen Sie die Schuhe ruhig an. Is nen bisschen unordentlich momentan. Hab gefeiert, als ich die BILD heute Morgen beim Bäcker gesehen hab. Was für ne Nachricht. Die Salz is tot. Wie oft hab ich mir das gewünscht. Einfach großartig."

Scholz und Wahlsen schauten sich an und folgten Buick in einen Raum, der Wohn-, Schafzimmer und Küche gleichzeitig war. In der Ecke qualmte der Kamin vor sich hin und sah aus, als ob er mit getrocknetem Kuhmist befeuert wurde. Zumindest roch es so.

Buick schmiss ein paar Sachen vom Sofa auf den Fußboden und setzte sich selbst auf einen wackligen Küchenstuhl.

„Nicht so bescheiden. Setzn Sie sich. Ist Platz für alle da. Und Wodka auch noch." Er schenkte sich reichlich ein und zeigte auf ein Regal mit Gläsern.

„Vielen Dank, aber wir müssen noch fahren“, entgegnete Scholz.

„Wer nich will, der hat schon.“ Buick nahm einen großen Schluck.

„Wir würden gern mit Ihnen über den Tod von Richterin Salz reden. Sie haben ihr vor drei Jahren nach der Urteilsverkündung gedroht, sie umzubringen …“

Buick fiel ihr ins Wort.

„Und jetzt glauben Sie, ich war das?! Schaun Sie sich doch um. Meinen Sie, ich bin der Lage, sowas zu machen? Ich verrat Ihnen mal was. Ich hätt es gern getan. Wie oft hab ich davon geträumt, sie zu erwürgen. Glauben Sie, ich hab schon immer so gehaust? Ich hatte einen Job, ein kleines Haus, eine Familie, bisschen Geld aufm Sparbuch. Und nun leb ich hier, bekomm Stütze und sauf mich tot. Einundzwanzig Prozesse, drei Gutachten, etliche Befangenheitsanträge, 90.000 Euro und wofür? Die Kinder gehörn zur Mutter. Das hat sie gesagt. Und aus. Seitdem hab ich meine Kinder nich mehr gesehn. Wenn ich es gewesen wär, dann hätt ich sie vorm Gericht am Fahnenmast aufgeknüpft, die räudige Hündin.“

Erneut nahm er einen tiefen Schluck.

Die Kriminalkommissarin blickte ihn lange an. Was für eine Scheiße. Der Typ hatte vielleicht drei Menschen umgebracht und sie bekam Mitleid. Sie war selbst Scheidungskind, hatte aber das Glück gehabt, dass ihre Eltern miteinander reden konnten und sie und ihre Geschwister nicht zum Zankapfel wurden. Aber sie kannte auch genug andere Fälle. Sie fand, Kinder hatten ein Recht auf beide Eltern. Schluss, aus, ganz einfach.

„Wo waren Sie in der Nacht vom 15. auf den 16. Dezember?“, fragte sie dennoch.

„Haha, sehr witzig. Hier und hab gesoffen, wie jeden Abend."

„Kann das jemand bezeugen? Ihre Mutter vielleicht? Die lebt doch hier."

„Noch witziger. Die is vor sechs Monaten gestorben. Aber aus em Himmel guckt sie bestimmt zu."

„Haben Sie ein Auto?"

„Sie sind echt zu komisch. Sie wissen doch genau, dass ich kein Führerschein hab. Betrunken einen Unfall gebaut und abgehaun. Deswegen den Job verloren. Meine Kohle brauch ich für andere Dinge."

Er legte seinen Kopf zwischen seine zitternden Hände und seufzte laut.

Die beiden Frauen schauten sich kurz an und standen auf.

„Okay, Herr Buick. Wir fahrn dann mal wieder. Es kann sein, dass wir noch Fragen haben. Daher bleiben Sie besser in der Gegend."

„Sie mein, ich kann meine Weltreise morgen nich antreten?" Er grinste gequält.

„Besser nich", lächelte Wahlsen, während sie die marode Tür öffnete.

„Versprechen Sie mir bitte eins, Frau Kommissarin. Wenn Sie den Mörder finden, sagen Sie ihm Danke! Frohe Weihnachten."

Scholz und Wahlsen gingen im einsetzenden Schneefall zu ihrem Auto und schauten sich noch kurz um. Dabei fiel ihr Blick auf eine alte Garage mit schiefem Tor. Wahlsen ging zum Eingang und schielte durch einen Spalt. Im dämmrigen Licht konnte sie einen dunklen SUV mit Hamburger Kennzeichen erkennen.

„Sie machen was? Sie stellen mir einen Aufpasser zur Seite?“ Van Busche konnte nicht glauben, was sie sah und hörte. Vor ihr standen Landespolizeidirektor Liebig und ein weiterer Mann.

„Das ist kein Aufpasser, Frau van Busche, sondern ihr Hamburger Pendant, Herr Stührwoldt-Vestermann. Die Hamburger Polizei hat ein berechtigtes Interesse, wenn jemand ihre Richter tötet. Das müssen Sie doch verstehen. Er soll helfen, den Fall aufzuklären und mit Ihnen zusammenarbeiten.“

Stührwoldt-Vestermann grinste sie unverschämt an und sie erinnerte sich an jedes Wort, was ihr Alexei Gromow über ihn erzählt hatte. Sie konnte verstehen, warum ihr Freund der Schmalzlocke die Nase gebrochen und ein paar Zähne ausgeschlagen hatte. Ihr juckten jetzt schon die Fäuste. Zum Glück klingelte ihr Telefon, bevor sie noch weitere Unbedachtheiten äußern konnte, und Scholz berichtete von ihrem Besuch.

„Fräulein van Busche, wir können das gerne übernehmen und nach Prisdorf fahren“, säuselte Stührwoldt-Vestermann, während er selbst im Konferenzraum noch seine Ray-Ban Sonnenbrille trug und sich durch seine gegelten Haare strich.

Die erste Kriminalhauptkommissarin bekam wieder einmal rote Flecken im Gesicht und musste sich zügeln.

„Herr Stührwoldt-Vestermann, drei Dinge. Erstens, der Begriff Fräulein wird seit Beginn der Achtziger in Deutschland nicht mehr benutzt. Zweitens bin ich verheiratet und drittens liegt Prisdorf in Schleswig-Holstein. Die Antwort lautet also NEIN. Wir haben ein Team vor Ort. Die beobachten das Haus und warten ab. Das Nummernschild ist gefälscht und bringt uns nicht weiter. Vielleicht ist die Erklärung ganz einfach und eine Rambo-Nummer völlig unnötig. Wir schauen also, ob Buick das Haus verlässt. Nichts vor Ort sprach für so eine Tat. So lange nichts in Hamburg passiert, können Sie zuhören und uns beraten, weil Herr Liebig das so möchte."

Die Anwesenden im Konferenzraum der „Blume" murmelten Zustimmung und Stührwoldt-Vestermann wurde etwas kleiner auf seinem Stuhl.

„Eine Frage hätte ich allerdings an Sie. Ich habe gestern Volker Koch aus Ihrer Abteilung gebeten, die Wohnung von Frau Conradi überwachen zu lassen. Hat das geklappt?"

Stührwoldt-Vestermann schob seine Sonnenbrille zurecht. „Nein, nicht genug Personal. Wir haben wichtigere Dinge zu tun."

„Was machen Sie dann noch hier, wenn's Wichtigeres gibt?", fragte van Busche ketzerisch.

„Wir wissen also nicht, wo sie ist?"

„Wir telefonieren gerade alle wesentlichen Hotels in dem genannten Bereich ab. Das kann aber dauern. Die Melderegister der Kurverwaltungen sind nie aktuell. Online kommen wir also auch nicht weiter", erklärte Gunnar Ludwig, während er auf sein Laptop starrte.

„Scheiße!", fluchte er in die folgende Stille hinein. „Ich glaube, wir haben sie. Zumindest einen Teil. Die Lübecker Kripo hat einen Kopf in einem Hünengrab sichergestellt und ein Foto geschickt."

Langsam drehte er den Bildschirm in Richtung der Anwesenden.

In den Fall vernarrt

Bingen am Rhein, 18.12. um 17.31 Uhr

Alles Grau in Grau, 3 Grad. Johann Holstein saß im Zollamt in Bingen und schaute bei einem Glas Sankt Laurent zur Germania rüber. Lieb' Vaterland, magst ruhig sein. Fest steht und treu die Wacht, die Wacht am Rhein. Es wurde langsam schon wieder dunkel. Er fühlte sich auch wie die Wacht, die Wacht über ihre Familie. Die Weinberge waren kahl, oben am Niederwalddenkmal waren die Bäume mit Raureif bedeckt. Holstein bestellte sich jetzt eine ganze Flasche Sankt Laurent, Weingut Bichel aus Appenheim. 29 Euro. Kathrin war ein Volltreffer, eine 10. Aber wieder einmal war sie so vernarrt in den Fall, wie vernebelt. Sie schaute durchs Fadenkreuz ihres Zielfernrohrs und suchte wie im Wahn ihren Juristen-Killer. Alles drum herum verschwand einfach, existierte nicht mehr. Was war mit Nick? Was war mit ihm? Nein, sie konzentrierte sich aufs Duplexabsehen und wollte abdrücken mit ihrer Feuerwaffe. Zwei Fußgänger gingen am Rheinufer entlang. Sie starrten beide auf ihr Handy.

Holstein nahm einen großen Schluck. Oma und Opa passten ja auf. Sie waren vor Freude fast ausgeflippt, als Nick aus dem Audi-Kombi ausgestiegen war. Sie liebten ihren Nick bedingungslos. Großeltern sind wichtig. Genauso wie Mama und Papa. Nur zum Vorlesen beim Schlafengehen musste er zurück sein. Er schaute in die Essenskarte. Sieben WhatsApp hatte er geschrieben. Sechs Tage vor Weihnachten. Nix, keine Antwort. Als er schrieb, dass er mit Nick dann ein paar Tage zu seinen Eltern nach Bingen fahren würde, wieder nix. Irgendwann dann ein „Okay, K.“ Okay, K. Hammer! Mehr nicht. Okay, K. Okay, K.! Der Journalist schenkte sich nach und nahm erneut einen großen Schluck. Echt gut der Wein. Was war denn mit dem Fest der Liebe? Geschenke einkaufen? Wenigstens für Nick? Weihnachtsessen? Johann Holstein saß an den Türen zur Terrasse, die im Winter geschlossen waren. Direkt bei der PC-Kasse von Vectoron, dem Canon-Drucker und den Besteck-Schubladen. Ein ewig langer Güterzug fuhr auf der anderen Seite Richtung Rüdesheim. Er hatte seit langem für Kathrin beruflich auf einiges verzichtet. Die saugeile Stelle als Sport-Ressortchef in Bremen. Bei den KN hatte er seit dem Aufstieg von Holstein Kiel wieder ein paar mehr Aufträge erhalten, immerhin, aber von den Einnahmen war das eher ein Hobby.

„Noch ne Flasche?“

„Ja, gern“, antwortete der Sportjournalist höflich. Lallte er schon? „Ach, un ich würd's Pfeffaschnitzl nehmn, bidde mit Bratkartoffeln un Bohn.“

Strahlendes Lächeln. Die Bedienung war sehr jung. Sie lächelte ihm zu. Definitiv. Die war doch erst 20, oder? Schwarze lange Haare. Ein hübsches Ding. Was wollte die denn bitte mit ihm anfangen? Oder lallte er doch? Oder sie lachte sich heimlich über ihn schlapp? Obwohl, er war noch gut in Form. Sehr gut!

Johann Holstein schaute sich die Bedienung nun doch genauer an. Kathrin glotzte ja eh nur durch ihr bescheuertes Zielrohr. Alles Schwarz in Schwarz, hauteng. Ganz schön guter Body. Sie ging an die Kasse. Johann schaute auf ihren breiten, schwarzen Gürtel, dann auf ihren Knack-Po. Das große Portemonnaie an der Seite. Echt geil. Sie drehte sich wieder um und lächelte ihn erneut an. Er stand nicht so auf dunkel, aber bei der würde er schon ne Ausnahme machen. Tolle braune Augen. Zwei große Stern-Ohrenringe. Sie brachte die neue Flasche Wein.

„Alles okay?“, fragte sie.

„Ja, Ja.“ Holstein schenkte schnell den letzten Schluck der letzten Flasche in sein Glas. „Ja, is lecka.“

„Ich trink den auch super gern, aber erst nach Feierabend.“

Johann Holstein war sich sicher. Die flirtete mit ihm. Er schaute durchs Fenster zum Rhein. Hatte sie gemerkt, dass er ihr voll auf den Arsch geschaut hatte? Im Strom diese knallrote Boje. Zwei Bäumchen, ganz kahl, aber mit Hunderten von roten Früchten, standen vor dem Zollamt. Das eine wurde merkwürdig rot angeleuchtet. Dazu Hochwasser, wie so oft im Winter. Holstein holte sein Samsung-Smartphone raus und ging auf WhatsApp. Die wird sich wundern. Als ob wir der letzte Dreck wären. Er tippte eine Nachricht an Kathrin.

„Hallo Süße, wir verstehen total, dass du im Stress bist. Damit du in Ruhe weiter arbeiten kannst, bleiben wir über Weihnachten in Bingen. Wir lieben dich. J. + N.“

Er hob das Glas, nahm erneut einen großen Schluck und drückte den grün-weißen Pfeil. Holstein schaute minutenlang aufs Handy. Sein Essen kam. Er sah den zweiten Haken, der anzeigte, dass Kathrin die WhatsApp gelesen hatte, noch nicht. Die Bedienung lächelte ihm erneut zu und wünschte ihm einen guten Appetit. Er überlegte und schaute auch der hübschen Kellnerin nicht nach. Das war Scheiße. Er löschte die WhatsApp. Weihnachten sollten sie alle drei zusammen sein, egal wo auch immer. Familie geht vor allem. Dann klingelte sein Smartphone.

„Johann, wann kommst du denn?“, fragte seine Mama.

„Isch komm gleich“, sagt Johann Holstein. „Trink nua noch mein Wain aus.“

Ein flacher Öltanker, die Flint, fuhr auf dem Rhein vorbei.

„Handle nur nach derjenigen Maxime, durch die du zugleich wollen kannst, dass sie ein allgemeines Gesetz werde.“ Kathrin van Busche und Fiete Denzau standen mit dem Leiter LKA Abteilung 2, Manfred Harz, vor dem Großsteingrab Pöppelsdorf im Waldhusener Forst und starrten auf den abgetrennten Kopf.

„Irgendein Philosoph. Aristoteles? Hegel? Kant?“

„Nicht schlecht, Frau van Busche“, sagte Harz. „Immanuel Kant, kategorischer Imperativ.“ Der LKA-Leiter der Abteilung Ermittlungen und Auswertungen war trotz des wieder einsetzenden Schneefalls wie immer perfekt gekleidet. Schwarzer Mantel, schwarzer Anzug, weißes Hemd und hellblauer Schlips. Durch die drei großen Dachsteine des Hünengrabes standen die Beamten vor dem starken Schneefall halbwegs geschützt. Es lag kaum Schnee in der acht Quadratmeter großen Steinkammer.

„Is es sicher, dass es die Gutachterin ist?“

Manfred Harz holte einen Farbausdruck der Homepage mit einem Foto der Gutachterin Dr. Janina Conradi heraus und reichte ihn wortlos der Ersten Kriminalhauptkommissarin.

„Scheiße, das ist ihr Kopf.“

Harz nickte stumm.

„Wir ham zur Sicherheit nen Experten der Forensischen Zahnmedizin aus Lübeck hinzugezogen. To be safe“, erklärte der LKA-Leiter. „Ein Team ist unterwegs zur Wohnung in Norderstedt, um den Zahnarzt zu ermitteln.“

„Was geht in dem Typ nur vor? Das ist wie ein Kunstwerk arrangiert.“

„Hass, blanker Hass, würd ich sagen“, meinte Harz. „Und der is nicht blöd. For sure.“

„Und immer ’n Hünengrab.“

Van Busche schüttelte ungläubig ihren Kopf und holte ihr Handy raus. Komisch, eine gelöschte WhatsApp von Johann. Sie hatte mit ihm so ein Glück. Johann war so verständnisvoll, kümmerte sich so liebevoll um Nick. Sie würde ihn später anrufen. Jetzt wählte sie aber die Nummer von Christiansen in Kiel.

„Ja, das ist die, Jan-Malte“, sagte Kathrin van Busche. „Aber noch nicht identifiziert. Gib’ durch, dass wir stark einen Zusammenhang der Taten vermuten. Mehr nicht.“

Harz und van Busche schauten sich wortlos an und beide wussten, was für ein gefundenes Fressen das für die Medien war.

„Wer hat den Kopf gefunden?“, fragte die Kommissarin.

„Ne Spaziergängerin aus Bad Schwartau. Ihr Hund hatte angeschlagen.“

„Und das Messer wieder Ikea-Messerset, richtig?“

Manfred Harz nickte erneut stumm.

Anneke Tietz, Hotelfachfrau im StrandGut Ressort in Sankt Peter-Ording, war eine lebensfrohe junge Frau. Doch in ein paar Minuten würde nichts mehr so sein, wie es einmal war. Sie machte sich Sorgen. Sorgen um Frau Conradi, die sie seit gestern Abend nicht mehr gesehen hatte. Sie war heute zigmal an ihrem Zimmer vorbeigegangen. Dort hing das „Bitte nicht stören“-Schild und doch war sie unruhig. Frau Conradi kam seit Jahren ins StrandGut und Frühstück war ihr heilig. Immer gleich.

Kaffee schwarz, Orangensaft, zwei Brötchen, Mett, Gouda, Kischmarmelade, Honig. Dazu Halbfettmagarine, fünf Gurkenscheiben, ein gekochtes Ei, weich. Niemals hatte sie um 8:30 Uhr ihr Frühstück versäumt. Niemals! Tietz klopfte zögerlich an der Tür. Erst leise, dann etwas lauter.

„Frau Conradi? Alles in Ordnung? Ich bin es, Anneke Tietz aus der Rezeption."

Nichts. Kein Geräusch.

Aber ein seltsamer Geruch. Eklig und metallisch. Blut? Blut!

Die Hotelfachfrau nahm all ihren Mut zusammen, fischte den Generalschlüssel aus der Hosentasche und schloss vorsichtig die Tür auf. Noch einmal rief sie.

Wieder nichts.

Sie schob langsam die Tür auf.

Ihre Schreie waren im gesamten Hotel zu hören. Unterbrochen nur von ihrem Würgen.

Kathrin Van Busche hatte gerade ihre Jacke angezogen und ihr Telefon in der Hand, um Johann anzurufen, als Sven-Uwe Wilhelm um die Ecke kam.

„Jana Conradi wurde gefunden. Ähm, also der Rest von ihr. In nem Hotel in Sankt Peter. Wer soll los?"

„Die Polizei soll alles weiträumig absperren. Kein Gast darf das Haus verlassen. Du und Meyer, ihr fahrt hin. Und natürlich unsere Forensik. On y va, on y va!"

„D'accord, allons y."

Die Kommissarin scrollte in ihren Kontakten nach Scholz, wischte den Namen nach rechts und wartete auf eine Verbindung.

„Hallo Angelica, hier Kathrin. Die Leiche von Conradi ist komplett. Was ist mit Buick?“

„Hi Chefin. Nichts. Alles ruhig. Der liegt bald im Koma.“

„Scheiße, wir brauchen Ergebnisse. Die Medien werden sich auf uns stürzen. Holt den Schwachkopf aus seiner Bude und bringt ihn her. Ich rufe Koch in Hamburg an. Die sollen das Auto untersuchen. Oder noch besser. Die Schmalzlocke soll sich darum kümmern.“

„Prisdorf liegt doch in Schleswig-Holstein, ham Sie gesagt“, nuschelte genau dieser einen Moment später.

„Richtig. Aber wir haben mittlerweile drei Tatorte abzudecken und nicht unendliche Ressourcen. Also versuchen Sie doch mal kein Arschloch zu sein und Polizeiarbeit zu tun.“

Van Busche war in Fahrt. Richtig in Fahrt.

Diesmal rief sie Harz vom LKA an. Seine Abteilung hatte den Kopf bei Lübeck übernommen.

„Was Neues?“, fragte sie grußlos.

Harz stutzte kurz, bevor er antwortete.

„Ziemlich sicher mit einem Beil abgeschlagen. Grobe Sache. Muss ne große Sauerei gewesen sein. For sure.“

„Ja, wir haben die Leiche und ne hysterische Angestellte in Sankt Peter gefunden. Unsere Leute sind unterwegs.“ Van Busche hasste seine permanenten Anglizismen.

„Naja, daher bringt uns der Fundort nicht viel. Keine brauchbaren Spuren. No match. Habt ihr euch schon mit den Hünengräbern beschäftigt?“

„Nur oberflächlich. Aber ist selbst in der Forschung umstritten, welche Bedeutung die hatten. Das bringt uns nich weiter. Bis morgen.“

Sie hatte die Wartezeit an ihrem Schreibtisch in ihrem Büro verbracht. Eine to do Liste angefertigt, weitere Telefonate geführt und eine Whatsapp an Alexei Gromow geschrieben. Er hatte noch nicht geantwortet. Johann würde sie später in Ruhe anrufen.

Sie saß Ulrich Buick gegenüber. Mit ihr im Zimmer Angelica Scholz. Sichtlich genervt von der Autofahrt.

„Was wolln Sie von mir? Ich hab doch schon alles erzählt."

Van Busche öffnete die Mappe vor ihr und legte Fotos aller vier Leichen vor Buick.

„Was sagen Sie dazu?"

Keine gute Idee bei jemandem, der den ganzen Tag Wodka getrunken hatte.

Er kotzte unmittelbar auf den Tisch.

Dreißig Minuten später und gesäubert saßen alle wieder auf ihren Plätzen.

„Sinsiewahnsinnig? Dazubinichgarnichfähig", schoss es wieder aus Buick heraus. Zum Glück diesmal nur Worte.

„Und wem gehört das Auto? Sie haben gesagt, Sie hätten keins. Es stand in Ihrer Garage."

„…"

„Was werden wir finden? Wir untersuchen das Fahrzeug gerade."

„…"

„Sie wolln also nicht mit uns reden?!"

„…"

Ihr Telefon vibrierte. Eine SMS von Volker Koch.

Die Reifenabdrücke aus Tarbek stimmten nicht mit dem Profil überein.

Scheiße.

„Sperrt ihn wieder weg. Wir reden morgen weiter, wenn er nüchtern ist."

Sie stand auf, verließ wortlos den Raum.

Erneut eine Nachricht. Diesmal von Gromow.

Hallo Miss Marple, wieder auf dem Kriegspfad?! Buick kenne ich tatsächlich. Tragische Geschichte. Die kennt in Pinneberg jeder. Er hat wirklich alles versucht, um seine Kinder zu sehen. Aber Mord? Kann ich mir nicht vorstellen. Das ist ein Wrack, kein Monster. Aber ich hör mich mal um. Vielleicht hat er ja im Suff ein wenig geplaudert. Was ist mal wieder mit einem Bier? Aber nicht dieses miese belgische Hoegaarden ;-) Love & Peace Alexei

Er bestätigte, was Scholz auch schon gesagt hatte. Aber warum sagte Buick nichts zu dem Auto? Irgendwas war faul.

Die letzte SMS des Abends kam von Aslan Schmidt. Den hatte sie zu dem Alten vom Bauernhof geschickt, um ihm ein Foto des Autos zu zeigen.

Ganz norddeutsch stand dort nur: *länger und nicht so hoch. LG Aslan*

Aber so ganz ohne Erfolg sollte van Busche doch nicht ins Bett gehen. Meyer hatte, so weit es ging, mit der Angestellten gesprochen. Es gab eine Beschreibung eines Mannes, der sich als Ehemann ausgegeben hatte. Nur gab es keinen zu Conradi!

Tripple 20

Hamburg-Horn, 18.12. um 21 Uhr

Alexei Gromow stand vor der eigenwilligen Bar in Hamburg-Horn und musste grinsen.

Jhonny B. Goode's

Genau so geschrieben. Bier, Bar und mehr. Carlsberg und Astra.

Ein Eckladen in der Rennbahnstraße, dem Ring 2, quasi mit Blick auf die Horner Rennbahn. Umgeben von den typischen roten mehrstöckigen Nachkriegsbauten.

Genau sein Laden.

Nach der Niete zu Franz Schimmer bei seinem alten Freund Volker Koch hatte er eine gute alte Google-Recherche gemacht und weit hinten in den Suchergebnissen einen Eintrag von einem Dartturnier eben in dieser Kneipe gefunden. Besser ein Anfang in einer guten Kneipe als gar kein Anfang.

Der Detektiv öffnete die Tür, trat ein und genoss den Augenblick. In dieser Kneipe saß ein ganzer Stadtteil. Zwar nicht in Quantität, aber in Qualität. Ein Querschnitt durch den Horner Mikrokosmos.

Die Bardame mit Weihnachstmütze, großem Ausschnitt und guten 50 Jahren auf dem Buckel strahlte, als wenn es kein Morgen gäbe. Und das am Montag.

„Na Kleiner, Bierchen?"

„Logo."

„Buddel oder Flasche?"

„Seh ich aus, wie so'n warmduschender Carlsberg-Trinker? Türlich ne Buddel."

„Für dich hätt ich vielleicht noch nen paar Tropfen im Fass." Sie lächelte weiter unverschämt und Gromow musste feststellen, Attraktivität hörte mit Fünfzig nicht auf.

„Das gibs doch gar nicht. Her damit.“

Sie verschwand zügig hinterm Tresen.

Er blickte sich um. Die Bar war bestens besucht. Dart, Billiard, alles besetzt. Sogar einen echten Flipper hatten die noch. Im TV an der Wand lief die Dart-WM. Webster gegen Lim. Nicht so der Brüller.

Er stellte sich in die Nähe der Dartscheiben und schaute einer Gruppe zu, die ein gelb-blaues Outfit hatte, welches mit Derby Darter bedruckt war.

Seine Chancen stiegen.

Die Tresenwalküre brachte sein Bier und Gromow nahm einen tiefen Schluck.

Einer der Darter schaute etwas neidisch auf sein Zapfbier.

„Hat die doch noch was vom Fass. Hast ihr die Füße geküsst, oder was?“

„Ne, nur höflich gefragt. Aber pass auf. Wenn du mir ne Frage beantwortest, lege ich nen gutes Wort für dich ein.“

„Watt denn?“

„Kennt ihr den?“

„Kann sein.“

Gromow ging zum Tresen orderte zwei Fassbiere und schlenderte mit seinen Trophäen langsam zurück.

„Vielleicht hilft das beim Erinnern.“

„Sicher dat.“

„Also ja?“

„Ja.“

„Kommt der öfter her?“

„Fürn Tripple 20 bei drei Versuchen gibs ne Adresse.“

„Nich wahr.“

„Doch."

„Gib her die Pfeile."

Ein Grinsen machte sich in der Runde breit. Das Spielen wurde auch an der zweiten Scheibe eingestellt. Nicht feindselig, mehr interessiert.

Gromow nahm die Pfeile, stellte sein Bier ab, fixierte die Scheibe.

Konnte doch nicht so schwierig sein.

Fünf.

Gelächter.

Eins.

Noch mehr Gelächter.

Konzentration. Ein Schluck Zielwasser. Konzentration. Rechter Fuß vor. Anpeilen. Unterarm, Handgelenk. Wurf.

Tripple 20!

Kein Gelächter mehr.

Gromow konnte es kaum glauben. Das Glück ist mit den Dummen. Oder so …

Irgendwer drückte ihm einen Zettel in die Hand.

Arbeit getan. Feierabend. Es sollte ein lustiger Abend werden.

Vorberatung der Kammer am OOLG

Hamburg-Poppenbüttel, 19.12. um 8.31 Uhr

Er war früh aufgewacht. Was für ein entsetzlicher Krach am Reiterhof! Er schaute aus dem Fenster seines roten Backsteinhauses. Fünf, sechs Reitermädchen machten eine Schneeballschlacht. Ach ja, die hatten schon Weihnachtsferien. Es hatte über Nacht kräftig geschneit, bestimmt 20 Zentimeter Neuschnee, was für Hamburger einer Schneekatastrophe glich. Die Felder zum Ohlkuhlmoor, zum Müllberg und zum Hummelsee in tiefem, friedlichen Weiß. Er zog sich seinen Morgenmantel über und ging hinüber zu seiner Scheune. Er öffnete die Tür. Schade, dass da gar keiner baumelte. An seinem dunkelblauen Volvo V 70 ging er vorbei zu seinem akkurat geordneten Regal für Gartengeräte. Um 11.30 Uhr war die Vorberatung der Kammer. Es ging um den vorrangigen Vollzugsanspruch nach § 29 OOLG. Ganz rechts im Regal stand seine Ochsenkopf OX 440 H. Wieder blitzblank. Er streichelte sie liebevoll, schnappte sich aber dann seine Schneeschaufel. Die Räum- und Streupflicht ist eine wichtige Verkehrssicherungspflicht bei Schnee und Glätte zur Vermeidung von Unfällen. Sie obliegt eigentlich dem Grundstücksbesitzer, der hatte sie aber auf den Mieter, also ihn übertragen. Einen Verstoß und eine mögliche zivilrechtliche Haftung nach § 823 Absatz 1 BGB wollte er auf keinen Fall riskieren. Also schaufelte er schön ordentlich den Weg vom Tor zum Haus und zum Schuppen frei, ebenso den Gehweg und die Auffahrt vor dem Haus. Alles genau nach Recht und Gesetz.

Nach einem ersten Milchkaffee, gründlicher Rasur, und einer heißen Dusche fuhr er über Sandkuhlkoppel, Harksheider Straße und Ring 3 zum Alstertaler Einkaufszentrum, kurz AEZ. Typisch, die Straßen waren natürlich noch nicht geräumt. Wahrscheinlich gab es in ganz Hamburg nur drei, vier Räumfahrzeuge und die mussten auf dem Baustellen-Chaos auf der A7 ran. Er hatte durch den Reifenwechsel nun Ganzjahresreifen drauf, was bei Schnee und Eis zwar nicht perfekt, aber okay war. Auch gesetzlich. Er parkte wie immer im Parkhaus Heegbarg APCOA, direkt bei der S-Bahn-Station Poppenbüttel, und ging zu Fuß hinüber ins AEZ. Er brauchte neues Papier, 250g/m2. Etwas dicker für die neuen Eide. Im „Dat Backhus" holte er sich ein Vollkornbrötchen mit Mett und Zwiebeln und dazu im „Saftladen" gegenüber einen frisch gepresste O-Saft. Immer schön auf die Gesundheit achten. Er zahlte grundsätzlich bar, um keinerlei Spuren zu hinterlassen. Zu seinem kleinen Frühstück holte er sich noch wie immer das Hamburger Abendblatt und die BILD. Er war wieder die Nummer 1, das Titelthema. „Frauenkopf entdeckt! Justiz-Rächer immer brutaler", titelte die BILD. Das Hamburger Abendblatt überschrieb sein Hauptthema zweizeilig mit „Juristen-Mörder: Abgetrennter Kopf im Hünengrab bei Lübeck". Aber höchst merkwürdig, sie hatten tatsächlich zuerst den Schädel entdeckt. Ließen die den blutenden Rumpf im StrandGut vergammeln? Nur wegen des „Nicht-Stören-Schildes"? Genüsslich biss er in sein Mettbrötchen und las voller Stolz und Genugtuung die beiden ausführlichen Berichte. Es stand noch nichts von der Gutachterin drin. Okay, ein Hund hatte den Schädel aufgespürt. Tatsächlich nichts aus Sankt Peter-Ording. Er trank seinen O-Saft aus und holte sich bei Apple Alstertal sein besonderes Druckpapier.

Es wurde auch Zeit. Auf dem Rückweg waren die Straßen immer noch nicht geräumt. Die Vollidioten, was war denn bitte mit § 823 Absatz 1 BGB? Mit der Gutachterin hatte er sich das ganz anders vorgestellt und gehofft, dass sie den Schädel erst Wochen später finden. Dämlicher Hund. Das wäre doch ein wunderschönes Rätseln geworden. Na, wo ist der Kopf? Und was treiben die da bitte im Hotel in Sankt Peter? Da müsste das Blut doch langsam durchsuppen. Das kann man doch nicht übersehen. Er parkte seinen Volvo wieder im Schuppen. Es war echt kalt hier drin. Aber Recht und Ordnung mussten sein, an seinem OOLG. Die Sitzung der Kammer begann in neun Minuten. Schnell holte er aus dem Haus Schal, Mütze und die Unterlagen.

Pünktlich um 10.00 Uhr eröffnete der Vorsitzende die Vorberatung der Kammer am Ober-Oberlandesgericht um den vorrangigen Vollzugsanspruch nach § 29 OOLG. Zunächst protokollierte er die bei Gericht Erschienenen. Es war nur der Vorsitzende erschienen, die Beschlussfähigkeit war somit nach § 1 OOLG gegeben. Zunächst wurden die beiden Fälle mündlich erörtert. Es ging zunächst um den Bremer Richter Sieler, der „alle Fußball-Fans als Gesocks" bezeichnet hatte und überdies vom OLG Bremen als nicht befangen eingestuft wurde. Der Vollzugsanspruch in dieser Klagesache konnte jedenfalls nach § 11 Absatz 1 OOLG dem Grunde nach nicht von vornherein ausgeschlossen werden. Es wurde mündlich erörtert, in welche Strafkategorie dieser Fall einzuordnen sei. Neben der Vollzugsgewährung muss die Kategorie also typischerweise und nicht bloß im Einzelfall den Zugang zur Strafe regeln (siehe dazu bereits Urteil 41 FK 1/2017 OOLG vom 14.12.2017). Auch die Beweislage durch Protokoll und die Deckung durch die nächsthöhere Instanz war gegeben. Der zweite Fall war der Hamburger Staatsanwalt August Franke. Die Beweislage war hier erdrückend, die Strafkategorie eindeutig. Die Deckung durch den Callboy-Oberstaatsanwalt kam erschwerend hinzu. Bei der Beurteilung des vorrangigen Vollzugsanspruchs nach § 29 OOLG war der Fall Franke laut tiefer Überzeugung des Gerichts und aufgrund des äußerst ungewöhnlichen Tathergangs vorzuziehen. Der Vorsitzende fasst daher den Beschluss: Tod durch den Strick.

In der Kieler „Blume" saßen alle Mitglieder der Soko Juristenmörder um den großen weißen Konferenztisch und blätterten in ihren Unterlagen. Mittlerweile stand vieles digital zur Verfügung und so war es eher ein Wischen über die Bildschirme. Nur eben nicht bei den Old School Kommissaren wir Meyer und Wilhelm. Etwas gehetzt betrat eine ausgeschlafene Kathrin van Busche den Raum. Sie hatte tatsächlich noch mit Johann telefoniert und ihn beruhigt. So langsam konnte er die Tragweite des Falls verstehen. In der Tagesschau war der Juristenmörder an zweiter Stelle erschienen. Direkt hinter der möglichen Resolution der Uno-Vollversammlung zu Trumps Ankündigung, Jerusalem als Israels Hauptstadt anzuerkennen. Für zehn Uhr war eine Pressekonferenz angesetzt. Selbst aus dem Ausland hatte sich ein Fernsehteam angekündigt. Innenminister Franke hatte Ergebnisse verlangt, Liebig die Forderung an sie weitergegeben. Der Druck war enorm. Angeblich waren erste Gerichte dazu übergegangen, unliebsame Entscheidungen zu vertagen, Richter hätten sich krankgemeldet. Dementsprechend angespannt war die junge Kommissarin. Sie vermisste Lorentzen, ihren alten Chef und Mentor. Den hatte nichts mehr aus der Ruhe bringen können. Höchstens ein schlechter Rotwein.

Sie blickte in die Runde und sah ein müdes, aber motiviertes Team. Die Kriminaltechnik war immer noch in Sankt Peter-Ording zu Gange und sollte zugeschaltet werden. Sie erhofften sich Spuren, da sie einen Tatort hatten. Die Hamburger Kripo war in der Wohnung von Conradi und suchte dort nach Hinweisen, da das Telefonat des vermeintlichen Ehemanns aus ihrer Wohnung gekommen war. Ein Polizeizeichner saß mit der Hotelfachfrau Anneke Tietz zusammen und versuchte, ein Bild zu entwerfen.

Meyer räusperte sich und fing an.

„Ihr habt die Fotos sicherlich schon gesehen. Ein grausames Schlachtfeld, rohe Arbeit. Hinrichs spricht von einer Axt mit großer Kraft geführt. Trotzdem hat der Täter wohl mehrere Hiebe gebraucht, um den Kopf abzutrennen. Sie war bei Bewusstsein, als sie starb. Trotzdem hat niemand etwas gehört oder gesehen. Der Todeszeitpunkt war gegen 21 Uhr am 17.12. Es hat also etwas gedauert, bis sie gefunden wurde."

„Kameras?", wollte van Busche wissen.

„Im Hotel nicht. Ludwig hat schon die Umgebung gecheckt. Sieht aber auch nich so prall aus."

Ludwig schaute auf.

„Es gibt eine Verkehrsüberwachungskamera an einer der Hauptkreuzungen. Vielleicht finden wir da einen Hamburger Kombi. Kann aber dauern."

Der Stuhl ächzte, als er sich zurücklehnte. Gegen das Fenster trieben wieder die nächsten Schneeflocken.

„Der Mörder ruft also an, gibt sich als Ehemann aus, marschiert zwei Stunden später ins Hotel, schlägt den Kopf ab, packt ihn ein und verschwindet ungesehen. Das gib's doch gar nicht. Die Fahrstrecke ist doch klar nachvollziehbar und zumindest Richtung Lübeck war nicht mehr viel Verkehr. Ludwig, du skizzierst den möglichen Weg und forderst das Material von allen Kameras an. Da muss mehrfach ein schwarzer, Hamburger Kombi drauf sein. Das ist eine Chance", befahl van Busche.

„Okay", war die einsilbige Antwort.

„Haben die angeforderten Gerichtsakten Hinweise gebracht?"

Keine Antwort. Verwirrte Blicke.

„Wer bearbeitet die?"

Van Busche schaute in die Runde.

„Ich glaub, die sind noch nich da."

Scholz kratzte sich am Kopf.

„Dann ruf da bitte an und mach Dampf. Vielleicht ist der Mörder irgendwo in den Akten. Is Buick wieder nüchtern?"

Mehr eine rhetorische Frage.

„Wilhelm du fährst rüber und befragst ihn zum Auto in seiner Garage."

Ein Brummen signalisierte Zustimmung. Auch kein Mann großer Worte.

Auf dem Wandmonitor erschien das Bild mit dem Kriminaltechniker Hinrichs.

„Hallo alle da in Kiel", piepste der kompetente, aber schrullige Experte.

„Hallo Niels", übernahm die Kommissarin die Begrüßung für das Team.

„Ich hoffe, du hast gute Neuigkeiten für uns."

„Naja. Wie man's nimmt. Trotz des Schlachtfelds ist erstaunlich wenig zu finden. Der muss gut organisiert sein."

Pause. Alle warteten. Jeder wusste, da kommt noch was.

„Hmm. Etwas hab ich noch. Ein Haar. Dunkel. Ist auf dem Weg ins Labor." Ein leichtes Lächeln umspielte die Lippen des kleinen Mannes.

„Ein Haar und hoffentlich bald ein fertiges Bild. Das ist doch was", fasste van Busche zusammen.

„Danke, Niels."

Nachdem die Erste Hauptkommissarin noch weitere Aufgaben verteilt hatte, ging sie mit Christiansen, dem Chef der Pressestelle in ihr Büro, um die Pressekonferenz vorzubereiten.

Marie Hansen liebte den Winter und ihr Islandpferd Holly liebte den Winter noch mehr. Beiden machten die Kälte und das leichte Schneetreiben nichts aus. Sie ritten im Tölt, der speziellen und für den Reiter angenehmen Gangart der Isländer, über das weite Feld bei Kletkamp in der Nähe von Kaköhl. Zurzeit hatte ihr Ferienhof noch keine Gäste und so genoss Marie Hansen den einsamen Ritt. Langsam tauchten die Bäume des Großsteingrabes Groß-Rolübbe zwischen den Feldern vor ihr auf. Die Steine waren verstreut und das Grab nicht mehr richtig sichtbar. Aber die weit verzweigten dunklen Bäume trieben ihr immer wieder einen Schauer über den Rücken. Irgendwie unheimlich. Leicht erhöht versperrten ihr die skurril wirkenden Bäume den Weg und der Pfad wand sich um sie herum, wenngleich er schwer zu erkennen war. Ein paar Krähen flogen hoch, als sie sich näherte und in leichten Trab fiel. Sie wurde noch langsamer und kniff die Augen zusammen. Der Schnee erschwerte ihr die Sicht. Am Rand des größten Baumes baumelte etwas Größeres im Wind. Erst spät wurde ihr bewusst, was sie sah, aber nicht zu sehen glaubte. Eine nackte Gestalt hing an einem groben Strick. An den Beinen klebte gefrorenes Blut. Und dort wo normalerweise des Mannes Pracht war, steckte ein Messer. Darunter ein Schild. In dicken schwarzen Buchstaben las sie noch, bevor sie wild ihr Pferd wendete und zurück zum Hof galoppierte:

Ihr habt mir zu grausame Augen und blickt lüstern nach Leidenden. Hat sich nicht nur eure Wollust verkleidet und heißt sich Mitleiden?

„Nietzsche? Er kommt uns jetzt echt mit Nietzsche?"

Völlig konsterniert schaute van Busche auf die Leiche, die immer noch am Baum hing und im kalten Ostwind hin- und herschwang. Zwar schneite es nicht mehr, aber es war lausig kalt. Der Wind pfiff über die Ostsee, prallte auf die Küste und verteilte seine eiskalte Macht über das Hinterland.

Ihre Leiter war nicht lang genug gewesen und so war einer der Techniker unterwegs zum nächsten Hof, um eine zu leihen.

Neben der frierenden Kommissarin stand Aslan Schmidt und bibberte ebenfalls.

„Ja, hatte ich in Philosophie im Abi. *Also sprach Zarathustra.* War nich so mein Ding. Is das hier auch'n Hünengrab?"

„Die Hauptsteine liegen ein paar hundert Meter weiter weg. Gehörn aber alle zur Anlage Kaköhl. Meinte Wilhelm. Der hat irgendsone Seite gefunden mit allen Gräbern in Schleswig-Holstein."

Hinrichs kam zu ihnen. In der Hand ein paar durchsichtige, beschriftete Tüten. Ihm schien die Kälte nichts auszumachen.

„August Franke. Staatsanwalt aus Hamburg. Seine Kleider lagen ordentlich gefaltet am Fuß des Baumes. Portemonnaie mit Ausweis und Karten ebenfalls“, piepste der kleine Techniker.

„Zur Todesursache kann ich noch nix sagen. Aber es is offensichtlich, dass er entmannt wurde, das arme Schwein.“

„Der Täter hat Franke und ne Leiter hierhergeschleppt? Was ist mit Spuren?“, wollte van Busche wissen, während sie per WhatsApp den Namen des Toten an Meyer nach Kiel schickte.

„Der verdammte Schnee und der gefrorene Boden machen es schwierig, was zu finden. Aber wir suchen noch.“

„Okay. Bitte informier mich sofort, wenn du was hast, Niels.“

Hinrichs zog eine Augenbraue hoch und ging zurück zum Baum, wo sein Assistent gerade die Leiter anstellte.

Wieder zurück in der „Blume“ stellte sich die Kommissarin an die Heizung. Langsam kehrte die Wärme in ihre peripheren Körperteile zurück. Als Halbfranzösin war sie einfach ein Kind des Sommers. Ludwig betrat mit seiner ganzen Masse ihr Büro. In der Hand wie immer sein Laptop.

„Du hattes recht. Auf dem Weg sind tatsächlich zwölf Verkehrskameras. An alle bin ich noch nicht ran. Aber auf Fünfen war ich erfolgreich. Ein dunkelblauer Kombi mit Hamburger Kennzeichen und ein Fahrer, der auf die Beschreibung von Tietz passt. Alles allerdings sehr klein und grob.“

„Nummernschild?", wollte van Busche wissen.

„Ja", Ludwig schluckte, „nich geklaut, sondern keine registrierte Nummer."

„Was? Er hat das Schild selbst gemacht?"

„Muss nicht. Kann auch ganz normal im Shop hergestellt sein. Denk an die Trucker, die allen ihren Namen im Fenster haben."

„Dann hilft uns das nich weiter oder?"

„Naja, das Schild nich, aber das Auto vielleicht. V70 Volvo. Das kann man erkennen."

„Und? Rück schon raus. Wie viele?"

„In Hamburg rund sechshundert. Nehmen wir den Speckgürtel wie Pinneberg und so dazu, noch mal das Gleiche."

„Gut, das is nen Anfang. Wenn du jetzt noch die Strecke zur Ostsee dazunimmst, dann kannst du es vielleicht noch mehr eingrenzen. Leg los."

Ludwig drehte sich um und verließ den Raum, als die Kommissarin ihm noch hinterherrief.

„Gunnar, gute Arbeit!"

Wilhelm verließ das Vernehmungszimmer und grinste. Was für ne Geschichte. Er ging direkt zu seiner Chefin und fand sie grübelnd auf ihrem Sofa. Die Pressekonferenz war aufgrund des erneuten Leichenfundes verschoben worden und sie sinnierte, wie sie das alles der Presse verkaufen sollte, ohne noch mehr Panik loszutreten. Wilhelm setzte sich auf einen Besucherstuhl.

„Bleib ruhig liegen, Kathrin. Ich kann mir vorstellen, was du gerade so durchmachst. Aber ich hab Neuigkeiten zu Buick und dem Auto in seiner Garage."

Van Busche richtete sich etwas auf.

„Schieß los, Sven-Uwe. Ich bin gespannt."

„Es is tatsächlich nich sein Auto. Es gehört seinem Bruder. Der bekommt Hartz IV und hat's versteckt, damit es ihm nich als Vermögen angerechnet wird. Deswegen hat er sich auch Nummernschilder auf'm Kiez verschafft. Buick wollte ihn nich verpfeifen. Aber ich hab ihm gesagt, er kommt nich raus, bis er redet. Und da er Durst hatte, hat er geredet."

„Schade, wär auch zu einfach gewesen. Gunnar meint eh, es wäre ein Volvo V70. Aslan fährt später nochmal zu dem Alten und zeigt ihm ein Foto. Meyer brieft uns gleich wegen Franke. Kannst du bitte mal im Labor nachfragen, wie weit die mit der Haaranalyse sind?"

„Logo. Komm dann gleich rüber in den Konferenzraum."

Der langhaarige Kommissar und ehemalige Zivilfahnder verließ den Raum, um zu telefonieren.

„August Franke, 43. Tätig als Staatsanwalt am Amtsgericht im schönen Hamburg-Blankenese. Er stand in dem Ruf, ein ziemlicher Casanova zu sein, so seine Sekretärin. Es gab wohl häufiger Beschwerden, weil er Fälle zur Anklage brachte, die eigentlich nicht reichten, um die Männer zu verurteilen, die von ihren Frauen angezeigt worden waren."

„Das ist doch nix Schlimmes", warf van Busche ein.

„Nein, an sich nich. Aber es waren wohl zum Teil Bagatellen und unsere Gerichte haben ja nun wirklich genug zu tun. Die Sekretärin meinte, es ging ihm vielmehr um die Frauen. Er kam häufig zu spät. Aber es kam nie was nach. Er ist wohl dicke mit seinem Chef. Ich hab Stührwoldt-Vestermann gebeten, hinzufahren und noch mehr Leute zu befragen und sich die Wohnung anzugucken. Er wollte sich drum kümmern."

„Na hoffentlich."

Die Tür öffnete sich und Wilhelm betrat energisch den Raum.

„Scheiße!"

Van Busche und Meyer schauten ihn fragend an. Scholz, die gerade einen Kaffee einschenkte, stoppte und blickte ihn ebenfalls an.

„Was is los?", fragte sie.

„Das Haar is nich echt. Es is von ner Perücke. Das is los. Die ganze Beschreibung können wir vergessen. Das Phantombild auch. Kacke."

Schweigen.

Der verschollene Papa

Hamburg-Horn, 19.12. um 13.06 Uhr

Alexei Gromow machte ganz langsam die Augen auf. Sie saß nur mit Weihnachtsmannmütze bekleidet neben ihm im Bett und trank gemütlich einen Kaffee.

„Na Kleiner, Käffchen?"

„Logo."

„Schuss Milch?"

„Jo."

„Paar Würfelchen Zucker?"

Gromow reckte sich hoch.

„Seh ich aus, wie son warmduschender Zucker-Trinker? Türlich ohne."

Sie lachte und ging nackt hinüber zur Küche. Gromow hatte höllische Kopfschmerzen. Bilder von gestern im Jhonny B. Goode's. Bierchen. Tropfen im Fass. Darts. Bier. Triple 20. Bier. Bier. Bier. Bier. Tequila Bamm. Bamm. Bamm. Tanz auf dem Tisch. Bier. Wohnung. Was ne Hammerfigur für ne 52-Jährige. Zettel. Ach ja, Zettel. Der Detektiv griff zu seiner Hose, die neben dem Bett mitten auf dem hellen Laminat-Boden lag. Zunächst erwischte er sein Handy. Scheiße! Drei WhatsApp und zwei verpasste Anrufe von Maria. Gromow hatte ein furchtbar schlechtes Gewissen. Er holte den zerknitterten Zettel aus seiner Hosentasche. Franz Schimmer. Götzberger Weg 88. Langenhorn, ganz im Norden von Hamburg. Sogar mit Telefonnummer.

Die Bardame hieß Corinna. Sie brachte den Kaffee ans Bett, immer noch nackt.

„Das war echt geil mit dir, Kleiner. Bist du häufiger in Horn?"

„Sorry, Hübsche. Das war ne einmalige Nummer."

„Sicher?"

„Logo."

„Schade", sagte Corinna, „als Barfrau hat man keine Chance auf ne echte Beziehung. Aber ich will auch nicht ungebummst bleiben, verstehste?"

„Logo."

Gromow nahm einen kräftigen Schluck Kaffee.

„Fand den Abend auch mega lustig. Und du bist ne Granate im Bett. Aber das ist eigentlich überhaupt nicht mein Ding."

„Alles klar, Cowboy. War doch spaßig und schön."

Der Detektiv trank den Kaffee aus, zog sich an und gab Corinna einen sanften Abschiedskuss.

Gromow ging das Treppenhaus hinunter und wählte die Nummer von Schimmer. Festnetz. Der Anrufbeantworter ging ran. Familie Kluth. Komisch. Der Detektiv ging zur Straße raus und durch den tiefen Schnee hinüber zum Jhonny B. Goode's, das nur einen Katzensprung schräg gegenüber von Corinnas Wohnung lag. Mist, an seinem Mazda-Roadster hing ein Strafzettel. Langenhorn lag noch hinter dem Hamburg Airport Helmut Schmidt, wie er seit ein paar Jahren hieß. Halbe Stunde. Die Straßen waren erstaunlich frei und sogar gut geräumt. Er fuhr am Friedhof Ohlsdorf vorbei, der mit über 200.000 Grabstätten der größte Parkfriedhof der Welt war, und fuhr weiter über Hummelsbüttel nach Langenhorn.

Der Götzberger Weg war eine Einbahnstraße mit lauter kleinen Reihenhäusern. 60er Jahre, schätze der Privatdetektiv. Genau vor dem Gang zur Nummer 88 parkte ein altes

Wohnmobil, das zu einem mobilen Brötchenverkaufsstand umgebaut worden war. Ein Stromkabel hing quer durch die Bäume und versorgte das Brötchenmobil offensichtlich mit Strom aus den Reihenhäusern. Ein Mann räumte in dem Wagen eifrig rum und nickte Alexei Gromow freundlich zu.

„Na Dicker, Lachsbrötchen? Nen paar hab ich noch."

„Gerne", sagte Gromow. „Haste auch Meerrettich?"

„Klaro. Auch nen Kaffee dazu?"

„Auch gern, nur mit Milch."

Für 5,50 Euro servierte der Mann Ende 40 blitzschnell das kleine Frühstück am Bordstein.

„Lustig, hier hab' ich noch nie was verkauft."

„Sach ma, kennst du einen Franz Schimmer. Soll hier Hausnummer 88 wohnen."

Der Brötchenverkäufer schaute plötzlich misstrauisch.

„Wer will das denn wissen?"

„Sein Sohn."

Der Brötchenverkäufer presste die Lippen zusammen und es stiegen ihm Tränen in die Augen. Er schloss stumm sein Brötchenmobil und nickte Gromow zu, dass er mit ins Reihenhaus am Ende des Ganges mitkommen sollte. Abenteuerlich waren mehrere Verlängerungsschnüre über die Dächer von fünf Reihenhäusern gespannt. Der Brötchenverkäufer schloss stumm die Haustür auf und ging mit dem Detektiv nach unten ins Wohnzimmer. Das Reihenendhaus hatte einen schönen Garten und lag direkt am Naturschutzgebiet Raakmoor. Der Brötchenverkäufer kam aus der Küche mit zwei kalten Bieren.

„So, ich bin Franz Kluth. Dann erzählen Sie mal."

Der Brötchenmann öffnete die Biere, prostete Gromow zu und trank die 0,5l-Flasche Jever halbleer.

„Alexei Gromow“, antwortete der Detektiv. „Gibt nicht viel zu erzählen. Ihr Sohn Finn sucht sie und hat mich beauftragt. Fertig. Und Sie heißen eigentlich Schimmer, richtig?“

„Sie sind Privatdetektiv? Wie viel hat Finn dafür bezahlt?“

Gromow nickte. „500.“

Franz Schimmer trank sein Bier leer und ging stumm aus dem Wohnzimmer. Nur eine Minute später kam er mit einem neuen Bier und etlichen Geldscheinen aus 5ern, 10ern, 20ern und 50ern zurück.

„Ich will nicht, dass mein Junge das bezahlt. Nehmen Sie.“

„Sorry, mein Lieber“, entgegnete Gromow, „das können Sie gleich selber machen. Ich hab den Auftrag, Sie zu finden und Sie zu ihm zu bringen.“

„Ich hab Finn seit 11 Jahren nich mehr gesehen. Gerichtsbeschluss. Ich darf ihn nicht sehen.“

Franz Schimmer weinte wie aus dem Nichts hemmungslos und schluchzte.

„Sie haben gesagt, dass ich ihn schlage und ihn nicht lieben würde. Diese miesen Justiz-Betrüger! Ich fühlte mich, als ob mir die Richterin mein Herz rausgerissen hätte.“

Der Detektiv reichte Schimmer stumm sein zweites Bier.

„Ich hab alles getan, damit Finn mich als Papa behalten darf. 14 Verfahren, bis ich pleite war.“

„Oh, Mann. Ich kenn ne ähnliche Geschichte bei uns aus Pinneberg.“

Schimmer berichtete von seiner unendlichen Leidenszeit, dass er seinen Job als Prüfingenieur beim TÜV NORD verloren hatte und er kurz davor war, obdachlos zu werden. Seine langjährige Freundin Britta hätte ihn dann aufgenommen, sie seien jetzt ein Paar mit zwei eigenen Kindern und er sei anonym untergetaucht und heiße nun Franz Kluth.

„Und wissen Sie, wie meine Richterin damals hieß?“

„Das ist nicht die aus der Zeitung, oder? “

„Doch genau die: Stefanie Salz“, antwortete Franz Schimmer. „Das mag unmenschlich klingen, aber ich glaube, der liebe Gott hat ihr genau die Strafe zugefügt, die sie verdient hat. Wer Hass sät, wird Hass ernten. Ich wusste, dass diese miese Betrügerin von Richterin irgendwann an den Falschen gerät.“

Gromow nickte nachdenklich. Ein untergetauchter Vater voller Hass. Aber er dachte auch an seinen Auftrag.

„11 Jahre sind ne lange Zeit. Es wird es jetzt höchste Eisenbahn, Finn mal wiederzusehen.“

Alexei Gromow trank sein Bier aus und rief mit seinem Samsung-Handy seinen jungen Auftraggeber an.

Eine halbe Stunde später standen Gromows Mazda und das Brötchenmobil vor dem Tierpark Hagenbeck in Stellingen. Im Schnee vor dem Haupteingang stand einsam Finn. Sein Papa ging langsam auf ihn zu, umarmte ihn fest. Beide weinten hemmungslos. Sie hielten sich so innig, als ob sie sich nie wieder loslassen wollten.

Der Detektiv wühlte aus seiner Hosentasche die Geldscheine raus, die abzüglich seiner Spesen vom Jhonny B. Goode's von den 500 Euro übrig waren.

„Ey Finn, hab nicht alles gebraucht. Bist ne coole Socke. Und hast nen saugeilen Papa.“

Papa und Sohn regten sich nicht und weinten weiter.

Alexei Gromow stopfte dem Jungen die Scheine in die Tasche seiner dicken Daunenjacke, drehte sich um und schaute in die weinenden Augen von Finn, der seinen Papa weiter innig umarmte. Gromow ging zu seinem Roadster, guckte ein letztes Mal über die Schulter und hob den Daumen.

Die Analyse von Käppner

Landeskriminalamt Kiel am Mühlenweg 166, 19.12. um 18.02 Uhr

Polizeipsychologe Thomas Käppner saß da an seinem Schreibtisch wie immer. Kariertes Hemd, dazu Jeans und Seglerschuhe, das silberne Haar perfekt kurz frisiert. Van Busche konnte das kaum mitansehen, kurzes Hemd bei Minus vier Grad und Schneefall.

„Thomas, du siehst aus wie im Sommer. Ist dir nicht saukalt?"

„A, Kathrin: Ich bin Norddeutscher", entgegnete der Polizeipsychologe. „Und B. Ich gehe morgens aus unserer Küche direkt in die Garage und schalte im Auto den Po-Wärmer an. Dann fahre ich in die Tiefgarage vom LKA und nehme den Fahrstuhl. Ich brauche eigentlich weder Jacke noch Pullover."

Kathrin van Busche schüttelte ungläubig den Kopf. Ihr war schon kalt allein durch den Anblick von Käppner. Zum Glück hatte sie endlich mal wieder gut geschlafen und ging mit positivem Elan und Kraft in den Endspurt des Tages.

„Was sagst du zu dem nächsten Toten? Dem Hamburger Staatsanwalt August Franke, dem seine Männlichkeit abgeschnitten wurde."

Die Kommissarin wunderte sich selbst über ihre komplizierte Wortwahl, aber aus irgendeinem Grund wollte sie die anderen Wörter nicht wählen.

„Ich weiß es nicht. Aber ich wette, auch der hatte Dreck am Stecken."

Käppner war 53 Jahre alt und wirkte immer locker. Wer aber mit ihm zu tun hatte, der wusste, dass sich hinter seiner coolen Fassade ein absoluter Vollprofi verbarg. So hatte Käppner als einer von ganz wenigen Europäern eine monatelange Fortbildung beim Federal Bureau of Investigation in Washington D.C., kurz FBI, absolviert.

„Du weißt, Kathrin. Ich ziehe die Schuhe des Mörders an, versuche in seinen Kopf vorzurücken. So zu denken, wie er. Der Killer ist hochintellektuell und hat einen Gerechtigkeitssinn. Er ist einer wie wir beide auch."

„Sorry, Thomas, da bin ich zumindest nicht komplett bei dir", widersprach van Busche. „Okay, bei der Mütter-Mafia-Richterin Salz kann ich das nachvollziehen, aber zum Beispiel im Fall des Star-Anwalts Ferdinand von Rotenstein sehe ich das etwas anders."

„Wie hoch war denn die Chance gegen von Rotenstein zu gewinnen? 1 zu 99? 2 zu 98? Ist das gerecht? Ging es da um die Sache? Oder um juristische Paragrafen?"

Kathrin van Busche grübelte. Es fühlte sich an, als ob sie direkt mit dem Mörder über die Gerechtigkeit in der Welt philosophieren würde.

„Es gibt keine Selbstheilungskraft in der deutschen Justiz. Er ist gekommen, um das zu ändern.„

„Ich verstehe langsam, was du meinst und du weißt, dass ich deine Meinung äußerst schätze", sagte van Busche. „Aber. Kannst du mir konkrete Tipps geben?"

„Der geht wie ein Uhrwerk vor, klar und präzise. Er schneidet das faule Fleisch der Justiz weg wie ein Krebsgeschwür."

„Thomas, ich kann das gut nachvollziehen. Aber ich kann auch nicht Hurra schreien, dass der lauter Juristen tötet. Das ist nun mal in Deutschland verboten."

„Er ist da anderer rechtlicher Auffassung. Sein Gerechtigkeitssinn hat die Grenzen der deutschen Justiz längst überwunden. Er hat ein neues Gericht erschaffen“, antwortete Käppner. „Nichts ist Zufall, auch nicht die Hünengräber. Da steckt eine Botschaft dahinter, irgendwas Altes, Mystisches, vielleicht Philosophisches.“

Käppner sah van Busche tief in ihre braunen Augen. Er wusste, dass sie von ihm ganz konkrete Hinweise erwartete.

„Und ich bin mir sicher, dass das Hamburger Kennzeichen ein Bluff von ihm war. Wenn er schon das Kennzeichen nachmacht, dann findest du ihn garantiert nicht in Hamburg. Vielleicht ist er in Büsum. Oder auf Fehmarn. So hätte ich es jedenfalls gemacht.“

„Wir haben jetzt fünf Tote. Wie viele werden es noch?“

„Ich weiß es nicht. Vielleicht ist auch die Zahl wichtig. Wenn ich aber er wäre, würde ich genau den hier als Nächsten raussuchen. “

Der Polizeipsychologe holte einen Artikel der BILD-Hamburg von gestern hervor. Es ging um eine Gruppenvergewaltigung, bei der ein extrem mildes Urteil vom Hamburger Richter Christian Balder gefällt worden war. Titel der BILD: „Fetter Kuschel-Richter zu lasch für den Richter-Job? “

Kathrin van Busche faltete den BILD-Artikel zusammen und steckte ihn in ihre Jeans-Hosentasche. Sie musste direkt weiter zu Gunnar Ludwig, der den entschwundenen reichen Papa in den USA vernommen hatte. Die Kommissarin nahm Käppner innig in die Arme und dankte ihm für seine klaren Worte.

Alarmstufe Rot am OOLG

Hamburg-Poppenbüttel, 19.12. um 19.38 Uhr

Er schnappte sich vier Holzscheite und machte den Kamin an. Die Flammen hatten etwas Kraftvolles, zugleich eine beruhigende Natürlichkeit beim sicheren, gleichmäßigen Verbrennen des Holzes. Dazu ein heißer Milchkaffee und wie es sich für einen anständigen Deutschen gehörte, die drei Kerzen vom Adventskranz angezündet. Er machte es sich auf seinem Sofa gemütlich und schaltete sein Notebook an. Die Vorbereitungen und die Recherche waren das Wichtigste bei der Arbeit am OOLG. Aktenkunde, Aktenkunde und nochmals Aktenkunde. Er hatte sich das mal durchgerechnet. Der Vollzug der Urteile an sich machte maximal fünf Prozent der Arbeitszeit aus. Gewissenhaft musste man bei der Datenerfassung und der juristischen Bewertung sein. Es ging ja schließlich um menschliche Schicksale. Seine Startseite im Internet war juris.de, das Rechtsportal. Hier konnte er stundenlang suchen, meist direkt nach Urteilen vom Hanseatischen Oberlandesgericht oder dem Schleswig-Holsteinischen Oberlandesgericht. Schön waren natürlich meist auch die Fälle vor dem Hamburgischen Verfassungsgericht oder dem Schleswig-Holsteinischem Landesverfassungsgericht in Schleswig. Da war dann meist richtig die Kacke am Dampfen.

Wieder zwei neue Beschlüsse vom 3. Senat für Familiensachen vom Hanseatischen Oberlandesgericht. Einmal zur Verfahrenskostenhilfe § 114 Absatz 2 ZPO. Bedürftigkeit von der Mama mutwillig herbeigeführt, langweilig. Dann Feststellung der rechtlichen Vaterschaft nach § 1600 Absatz 2 BGB. Ein anderer Mann hatte die Vaterschaft anerkannt, obwohl er gar nicht der Vater war. Schon interessanter, aber die Richterin hatte das gut gemacht. Die wollten einen Papa rauskegeln und die Justiz hatte dem einen Riegel vorgeschoben. Kein Handlungsbedarf. Das Familienrecht war eine Hure, das war sicher. Es stammte ja auch noch aus dem 1950er Jahren nach dem Motto „Mama betreut und Papa zahlt". Da versagte die Politik in Deutschland einfach komplett. Alle Länder in Westeuropa hatten ein modernes, zeitgemäßes Familienrecht, nur Deutschland nicht. Ihn langweilten aber inzwischen die vielen Familiensachen, mit der Vollstreckung des Urteils von Steffi Salz war für ihn das Thema durch. Er suchte nach kleineren Gerichten wie dem Landgericht Itzehoe oder dem Landgericht Flensburg. Gerade dort fühlten sich einige Richter wie Gott. Ob er sich zu seiner Recherche ein wenig klassische Musik anschalten sollte? Er entschied sich dann aber doch lieber für den BOS-Funk, den Funk der Behörden und Organisationen mit Sicherheitsaufgaben.

Früher war es deutlich einfacher, den Polizeifunk mitzuhören. Er erinnerte sich daran, dass er vor zehn Jahren ein kleines Radio im Mickey-Maus-Magazin als Beilage ergattert hatte, mit dem er den BOS-Funk abhören konnte. Inzwischen versuchte die Bundesnetzagentur in Mainz alles Mögliche, um das illegale Abhören des Polizeifunks, inzwischen digital namens BOSNet, zu erschweren. Doch entsprechende Geräte aus Fernost waren über das Netz immer noch kinderleicht zu bekommen. Es lief gerade ein gemeinsamer Einsatz der Polizei Hamburg mit der Ausländerbehörde im Bereich St. Pauli Hafenstraße, Balduintreppe, Bernhard-Nocht-Straße. Es wurden 73 Ecstasy-Tabletten, 23 Tränen Kokain, weitere 40 Gramm Kokain, 750 Gramm abgepacktes Marihuana und 15 Gramm Amphetamine sichergestellt. 17 Festnahmen. Er hörte den BOS-Funk aber nur mit halbem Ohr mit und vertiefte sich weiter in seine juristische Recherche. Am Hamburger Landgericht gab es einen interessanten neuen Fall, 2. Senat Strafsachen. Richter Christian Balder hatte doch tatsächlich nach einer Gruppenvergewaltigung einer 14-Jährigen vier der Täter mit einer Bewährungsstrafe davonkommen lassen. Unfassbar. Bei Google News gab es zu dem Fall auch gleich etliche Treffer. „Richter Harmlos", „Skandal-Urteil erschüttert Hamburg" oder „Softi-Richter Balder ist Wiederholungstäter". Auf den Fotos sah Richter Balder ekelerregend fett aus. Das klang doch vielversprechend. Und wenn die Medien über die Justiz berichteten, war das eigentlich ein sicheres Zeichen, dass da gewaltig was schief gelaufen war. Dann kam eine neue Meldung aus dem BOS-Funk.

„Liebe Kollegen, hier spricht euer Boss Hubertus Stührwoldt-Vestermann mit einer Sonderdurchsage mit absoluter Priorität. Wir suchen dringend einen dunkelblauen Volvo V70. Jede dieser verdammten Karren in ganz Hamburg komplett auseinandernehmen, filzen bis zum Geht nicht mehr. Ich sach nur Juristen-Mörder. Viel Erfolg!"

Scheiße, sie hatten irgendwo sein Auto erwischt! Er überlegte fieberhaft. Drecks-Bullen, bestimmt irgendwelche Verkehrskameras. Sofort handeln! Der Volvo musste weg. Er holte Brief, Fahrzeugschein und Ersatzschlüssel aus seinem Schrank im Arbeitszimmer. Oder sollte er ihn einfach für immer im OOLG stehen lassen? Im Schuppen war er doch eigentlich sicher. Nein, er musste weg. Sofort.

Hamburg und Schleswig-Holstein gingen nicht mehr, zu gefährlich. Er schaute bei Google Maps nach einem möglichen Ziel. Über die A1 kam er von Poppenbüttel am schnellsten raus aus Hamburg, dann die A24. Schwerin schien ihm noch zu dicht, also Berlin. Berlin war prima, schön groß. Er notierte die ersten zwei Google-Treffer zu Autoankauf Berlin: Auto-Alex und Autohandel Rasch.

„Frau van Busche, es ist schon reichlich spät und wir können nicht jeden Richter unter Polizeischutz stellen, nur weil Sie das so wollen."

Staatsanwalt Gerd Walter rutschte ungemütlich auf seinem Bürostuhl hin und her. Dabei spielte er mit seinem Füller, indem er ihn drehte, die Kappe abnahm, erneut drehte und die Kappe wieder aufsteckte.

„Ich hab überhaupt nicht gesagt, dass wir JEDEN unter Polizeischutz stellen sollen, aber Christian Balder. Das ist einer", erwiderte die Kommissarin aufgebracht.

Gerd Walter legte den Füller kurz auf den Schreibtisch, verharrte regungslos, zuckte und nahm sein Spielchen wieder auf.

„Der ist einer wie alle anderen auch. In jedem Prozess gibt es Gewinner und Verlierer. Eine Seite ist immer sauer."

„Haben Sie das Urteil nicht gelesen? Die Bildzeitung? Irgendwas? Hier gibt's nur Verlierer. Das Urteil ist ein Skandal und wenn Käppner nur annähernd Recht hat, dann ist das genau das Beuteschema unseres Killers." Van Busche strich sich die Haare aus dem Gesicht, auf dem sich wieder mal rote Flecken bildeten.

„Wenden Sie sich an die Kripo Hamburg. Die sind dafür zuständig, nicht wir."

„Halten Sie mich eigentlich für so blöd, Herr Walter? Das habe ich schon. Aber diese verdammte Schmalzlocke sagt, das ginge erst morgen. Zu viel zu tun."

„Na ja, dann ist das so. Wird schon nichts passieren."

Van Busche schüttelte den Kopf und verließ grußlos das Büro. Kurzzeitig war sie versucht, die Tür zu knallen, fand es aber dann doch zu kindisch.

Im Auto wartete Scholz, das Handy noch am Ohr.

„Okay, ich richte es aus. Kathrin steigt gerade ein. Tschö."

„Wer war das?", wollte van Busche sofort wissen.

„Meyer. Er hatte ein paar Infos für dich."

„Und? Willst du sie mir verraten?", fragte die Kommissarin sichtlich genervt, wohlwissend, dass es unfair war. Aber Walter hatte sie auf die Palme gebracht.

Scholz stutzte kurz, hielt sich aber zurück.

„Aslan war wieder in Tarbek bei dem Bauern, diesmal mit nem Foto von nem dunklen V70. Jo, genau so'n Auto, war wohl die Antwort."

„Immerhin etwas. Noch mehr?"

„Ja. Gunnar hat mit Stier in Palo Alto telefoniert. Der hat die ganze Geschichte bestätigt, war aber seit sechs Monaten nich mehr in Deutschland. Hat wohl nen neues Leben und mit der Vergangenheit abgeschlossen. Ludwig meinte, der klang ganz froh und nich so verbittert."

„Hmmm …"

Van Busche zog die Stirn in Falten und überlegte, ob sie trotzdem dort weiter bohren sollten. In den USA konnte man bestimmt günstig einen Killer anheuern. Allerding gäbe es dann keinen Zusammenhang zu den anderen Opfern. Also eher nicht.

Scholz blickte ihre Kollegin und Chefin an und räusperte sich. Im Auto beschlugen langsam die Scheiben. Leichter Schneefall setzte erneut ein.

„Die Wohnung von Conradi hat im Prinzip auch nichts hergegeben, zumindest nichts von der Forensik. Allerdings war Koch mit vor Ort. Er hat sich die Gutachten ein wenig angeschaut. Die waren alle gleich. Immer gegen die Väter. Noch merkwürdiger waren aber die Preise. Keins unter fünfzehntausend Euro. Er hat nen bisschen rumtelefoniert und meinte, dass vier- bis sechstausend wohl eher normal wären."

„Sehr merkwürdig."

„Ja, fand ich auch. Vor allem müssen die Eltern das bezahlen. Ich hab dann bei der Justizkasse Hamburg nachgefragt. Die sagten, die können das gar nicht überprüfen. Die Rechnung wird einfach von der entsprechenden Richterin abgehakt."

„Das heißt, die Richterin sucht sich die Gutachterin selbst aus. Sagt ihr dann, wie das Gutachten ausgehen soll. Und kann ihr dann auch noch zahlen, was sie will. Was ein Filz! Da würde ich als Gutachterin auch immer das schreiben, was die Richterin will. Sonst verlier ich ja meine Aufträge."

„Ja, in dem Fall würde ich sagen Risikozuschlag. Und es fehlt ein Verteilungsplan für Gutachter."

„Tod, im Krankenhaus, versoffen und in Amerika. Wir müssen den Kreis der möglichen Täter erweitern. Die vier bringen uns nicht weiter. Sind die Akten endlich da?"

„Keine Ahnung."

Van Busche verdrehte die Augen und ließ den Motor an.

Gromow sieht rot

Hamburg vor fünf Jahren

Alexei Gromow stapfte die Stufen wieder runter, die er eben mit seinem ekelhaften Chef hinaufgegangen war. Dieser hatte ihm befohlen, einen Namen zu überprüfen, noch bevor sie an die Tür der Wohnung geklopft hatten. Es war noch früh am Morgen und der Name auf der Klingel sagte ihm nichts. Natürlich hatte die Schmalzlocke ihm auch nicht gesagt, was sie hier sollten. Er überquerte die kleine Kopfsteinpflaster Straße direkt vor dem Hans-Albers-Denkmal, wo sie ihren Wagen abgestellt hatten. Scheiße, der Schwachkopf hatte abgeschlossen und den Schlüssel in seiner Tasche. Gromow drehte wieder um und ging auf den unscheinbaren Eingang des schmuddeligen blauen Hauses zu. Als er im Treppenhaus war, hörte er einen spitzen Schrei. Immer zwei Stufen nehmend hastete Gromow die steilen Stufen hoch, bis er im dritten Stock ankam. Die Tür stand offen. Er betrat den Flur und ging weiter Richtung Schlafzimmer. Nichts Ungewöhnliches war zu sehen. Eine ganz normale kleine Wohnung. Er sollte sich irren, als er in den etwas größeren Raum eintrat. Ein großes rundes Bett stand in der Mitte des Raumes, an der Decke ein riesiger Spiegel. Die roten Wände waren dekoriert mit hellen Vorhängen, dazwischen weitere Spiegel und Kommoden, auf denen jede Menge Spielzeug für Erwachsene lag. Eine weitere Tür ließ einen Blick in ein kleines Badezimmer zu. Auf dem Nachttisch eine Holzschale gefüllt mit Kondomen. Ein Arbeitszimmer.

Aber noch mehr überraschte ihn der Anblick seines Chefs Stührwoldt-Vestermann. Dieser hatte eine Frau in die Ecke des Zimmers gedrängt und versuchte, sie zu küssen. Dabei grabschte er brutal an ihrem Busen rum, während die zweite Hand in ihren Schritt griff. Gromow ging zwei Schritte auf das ungleiche Paar zu, als die Frau mit den langen roten Haaren erkannte. Es war die rote Steffi, die sich vergebens zur Wehr setzte. Ohne weiter nachzudenken, tippte er seinem Boss auf die Schulter und entschied sich mit dem ersten Schlag für ein neues völlig anderes Leben. Er hatte diesen Schlag nie bereut, wünschte sich später aber doch, er hätte vorher noch nachgedacht. Die Nase brach sofort. Blut und Sonnenbrille flogen durch den Raum. Die rote Steffi schrie. Der zweite Schlag nahm dem völlig verdutzen Stührwoldt-Vestermann zwei Scheidezähne und brach Gromow die Hand. Er zog den Widerling von der Frau weg und schmiss ihn zur Seite. Dumpf hörte er ein Daswürschtdubüschen. Gromow war in Berlin aufgewachsen und hatte zahlreiche Schulhofschlägereien hinter sich bringen müssen. Stührwoldt-Vestermann machte ihm keine Angst. Allerdings machte dieser auch keinen Versuch, ihn anzugreifen, sondern hielt sich ein Taschentuch vor die Nase. Dabei nuschelte er die ganze Zeit, war aber nicht zu verstehen. Die rote Steffi war verschwunden.

Gromow spuckte seinem Chef vor die Füße.

„Diesmal bist du zu weit gegangen, du Arschloch. Ich mach dich fertig. Dich und deine ganze Scheiße, die du hier auf der Reeperbahn abziehst, du Schwein."

Seine Hand pulsierte und tat höllisch weh. So verzichte er darauf, dem Schwachkopf noch mehr die Fresse zu polieren, verließ den Raum und sein altes Leben. Direkt neben dem Haus war eine kleine Bar, die schon geöffnet hatte. Gromow ließ sich einen Eisbeutel und zwei frisch gezapfte Bier geben. Puls und Schmerzen beruhigten sich. Seine Gedanken umkreisten das Vorgefallene und er überlegte, wie er seinen Chef am besten fertig machen könnte. Die ganze Wahrheit ans Licht bringen. Für seinen Rausschmiss sorgen und selbst aufsteigen.

Wie er sich irren sollte. Aber das wurde ihm erst sehr viel später klar.

Fünf Jahre später trat ein gut gelaunter Alexei Gromow durch die Tür des Konferenzraumes in der „Blume“. Man hatte ihn ohne Probleme reingelassen, da er schon mehrfach mit der Kieler Kripo gemeinsam gearbeitet hatte. Er wollte van Busche überraschen und hatte sich früh auf den Weg gemacht. Die winterlichen Straßenverhältnisse machten seinem MX5 zu schaffen und so war er mit einiger Verspätung in Kiel aufgeschlagen. Vielleicht konnte er Kathrin zu einem Mittagessen überreden, dachte er noch, als er eine bekannte Stimme durch den Raum hörte.

„Was will der denn hier? Der hat hier nichts zu suchen.“

Stührwoldt-Vestermann hatte quasi sofort Schaum vorm Mund.

Gromow blickte überrascht zu ihm herüber und bereute seinen Entschluss, Kathrin zu besuchen.

„Hör ich hier Stimmen? Ich riech nämlich nur nen Scheißhaufen aus der Ecke da hinten“, war seine billige Retourkutsche.

Im Konferenzraum breitete sich eine unheimliche Stille aus. Zumindest kurz.

„Schmeißt ihn raus. Was soll das? Warum dürfen hier Zivilisten rein?“, schnauzte er weiter.

Van Busche trat einen Schritt nach vorne.

„Alexei ist hier, weil ich ihn darum gebeten habe“, log sie unverfroren und umarmte ihren Freund.

„Schön, dass du da bist.“ Van Busche strahlte ihn an.

Der Chef der Hamburger Kripo sprang auf und verließ den Raum. Dabei knallte er mit der Tür.

„Endlich wird die Luft wieder besser“, konnte sich der Detektiv nicht verkneifen und begann, alle Anwesenden zu begrüßen.

Kurze Zeit später saßen van Busche und Gromow im Büro der Kommissarin. Vor dem Fenster wehten weiter Schneeflocken umher. Das alte Gemäuer war aber gut geheizt, so dass sich eine behagliche Wärme ausbreitete.

„Du musst mit dem Schwachkopf zusammenarbeiten? Nicht dein Ernst?“, wollte Gromow auch gleich wissen.

„Doch, leider ja. Anordnung von ganz oben“, entgegnete van Busche und lächelte mit verzerrtem Gesicht ihren Gegenüber an.

„Na dann kann's ja nur schiefgehen …“

„Zum Glück ist dein Kletterkumpel Koch vor Ort und regelt die wichtigen Dinge.“

„Ja, das kann ich mir vorstellen. Wie der das immer mit dem Idioten aushält, is mir allerdings schleierhaft.“

„Hast du mal wegen Buick rumgefragt?“

„Bei dem is nichts zu holen. Versoffen und hilflos. Hat mal rumkrakeelt inner Kneipe. Aber das is nichts dahinter. Ziemlich sicher.“

„Den Eindruck haben wir auch. Passt auch nicht zu der ganzen Serie.“

Van Busche nahm sich Zeit und setzte ihren Freund in Kenntnis. Auch wenn sie es nicht durfte, so schätzte sie sein Urteil und hielt ihn für einen guten Denker mit viel praktischer Erfahrung. Sie wusste, es blieb alles hier im Raum, es sei denn, sie wollte es anders.

Gromow lehnte sich entspannt zurück und hörte interessiert zu. Als sie ihren Vortrag beendet hatte, überraschte er sie mit einer Frage.

„Was wisst ihr über die Verfahrensbeiständin?“

„Wenig, das stimmt. Ich habe eine Kollegin drangesetzt, aber noch nichts gehört.“

Van Busche guckte in ihrem Posteingangskorb, ganz analog. Sie stutzte und kramte ein DIN-A4-Blatt hervor.

„Das muss sie gestern Abend noch reingelegt haben. Ich hatte heute noch keine Zeit zu gucken. Sie hat ein paar Infos zusammengestellt. 62, ledig, seit 28 Jahren als Rechtsanwältin tätig. Hat wohl häufig die Aufträge von Salz bekommen und die Kinder immer eher im Sinne der Mutter vertreten. Wahlsen hat mit einer Freundin gesprochen und die hat erzählt, dass Ulrika Cord geschieden ist und ziemlich darunter gelitten hat. Auch hätte sie nach einer Gebärmutter-OP wohl keine Kinder bekommen können. Alles in allem eine recht frustrierte Person.“

„Neid.“

„Neid?“

„Neid könnte passen“, erwiderte Gromow. „Neid auf Familien, Neid auf andere Männer, die sie nicht haben kann.“

Van Busch schaute ihn entgeistert an. Was war denn jetzt los?

Gromow holte sein Smartphone raus und googelte etwas. Er hielt ihr das Gerät hin und sie blickte auf den Bildschirm. Ein Gemälde. In der Mitte ein großer Kreis mit sieben Bildern am Rand. Darin ein weiteres Bild von einer Frau mit Kreuz im Hintergrund. In den vier Ecken des Bildes weitere vier kreisförmige Zeichnungen. Auf den ersten Blick viel religiöses Zeug. Links unten sah es aus wie die Hölle und links oben lag jemand im Sterben. Ein Priester schon bei ihm. Rechts oben vielleicht ein Gericht? Sie zoomte hin und her, während Gromow sie beobachtete. Rechts unten der Eintritt in den Himmel. Mit der Mitte konnte sie weniger anfangen. Ein dicker Mann beim Essen, Kaufleute, Streit. Was noch? Die Inschriften. Latein? Schwer zu erkennen. Jetzt erst las sie den Titel: *Hieronymus Bosch: Die sieben Todsünden.*

Ein kalter Schauer lief ihr über den Rücken.

„Woher kennst du das Bild?“, wollte sie wissen.

„Ich lese doch gerne Krimis. Und in letzter Zeit habe ich alle Bücher von Michael Connelly gelesen. Da geht's um einen Polizisten aus Los Angeles. Harry Bosch oder auch Hieronymus Bosch. Das war ursprünglich ein niederländischer Maler aus dem 15. Jahrhundert, der ziemlich verqueres Zeug gemalt hat. Oft religiös und grausam verzerrt. Spielt in einigen der Bücher eine Rolle. Deshalb hab ich ein wenig darüber nachgelesen.“

„Und du meinst, unser Täter handelt nach den sieben Todsünden?“

„Ich musste sofort daran denken. Gibt's auch einen richtig guten Thriller zu mit Brad Pitt und Morgan Freeman.“

„Okay. Dann schieß mal los und überzeug mich.“

„Von Rotenstein – Hochmut,
Ulrika Cord – Neid,
Steffi Salz – Jähzorn oder auch Rachsucht,
Jana Conradi – Habgier
und August Franke – Wollust.

Wenn euer Psychologe recht hat, dann wäre Christian Balder eine mögliche Person für Völlerei. Fehlt nur noch Faulheit und da gibt's genug von."

Van Busche schaute ihn nachdenklich an, bevor sie plötzlich zum Telefon griff und Stührwoldt-Verstermann anrief.

Sie diskutierten über eine Stunde. Suchten in den Akten nach weiteren Details. Besprachen das Für und Wider. Letztendlich kamen sie zu dem Schluss, dass man es so betrachten konnte, aber nicht musste. Sollte es stimmen, dann konnte der Täter quasi jeder sein, der enttäuscht von der Justiz war. Bisher hatte sie immer auf ein persönliches Motiv gehofft. Irgendjemanden, der sich tief in den Fällen der Juristen verborgen hatte und das wollten sie auch weiterhin nicht ausschließen. Aber natürlich konnte es auch jemand sein, der seine Opfer über Zeitungsberichte, Rechtsportale oder Ähnliches suchte. Das war mehr als nur die Nadel im Heuhaufen. Stührwoldt-Verstermann war verschwunden und van Busche hatte ihn auch nicht erreicht. Daraufhin hatte sie Volker Koch gebeten, sich auf die Suche nach Christian Balder zu machen. Koch meldete zurück, dass Balder nicht im Gericht erschienen war und der bestellte Polizeischutz ein leeres Haus vorgefunden hatte. Allerdings konnte sie auch nicht ausschließen, dass er sich nach dem Urteil und dem Bild-Bericht vorerst aus dem Staub gemacht hatte, um aus der Schusslinie zu kommen. Unbekannte hatten seine Hauswand beschmiert. *Vergewaltiger* stand dort in großen Lettern. Sein Auto war weg und das Telefon aus.

So langsam machte sich Frustration in der Blume breit und van Busche wartete minütlich auf einen Anruf vom Chef oder Innenminister. Einzig allein Alexei Gromow ließ sich die gute Laune nicht verderben und stand vor der großen Wand, wo sie Fotos und Infos angepinnt hatten. Niemand hatte etwas gegen seine Anwesenheit gesagt und so ließ sie ihn gewähren.

Gunnar Ludwig kam mit einem Stapel Papiere rein, legte sie auf den Tisch und wartete auf Ruhe. Seine massige Gestalt beeindruckte immer wieder, während er vor der großen Platte stand.

„Alexei könnte recht haben. Das sind alle Zeitungsberichte über die Toten. Und ich meine damit vor ihrem Tod. Es reicht von mal erwähnt wie bei Cord bis ständig präsent wie bei Rotenstein. Auf jeden Fall ist es eine Menge und wer gezielt sucht, wird fündig. Hätten wir jetzt so ein geheimes NSA Programm, könnte wir alle Suchanfragen in Deutschland checken. Vielleicht hat das BKA ja sowas oder der BND."

Er grinste in die Runde und jeder wusste, der IT-Experte der Gruppe hätte das tatsächlich gerne.

„Das wird wohl noch dauern, Gunnar. So lange bleibt es bei Befragungen im Umfeld und Aktendurchsicht. Eben echte Polizeiarbeit", erwiderte die Kommissarin und nahm sich einen weiteren Kaffee.

Kathrin van Busche und Alexei Gromow

L'Osteria in Kiel, 20.12. am Abend

Sie hatten noch lange in der Blume gesessen und sich auf die „echte Polizeiarbeit“ konzentriert, wie die Kommissarin es genannt hatte. Mittlerweile waren endlich auch diverse Gerichtsakten gekommen und sie hatten begonnen, diese durchzuarbeiten. Dazu Telefonate mit weiteren Angehörigen und Freunden der Opfer. Auch waren Hinweise der Bevölkerung eingegangen, denen nachgegangen wurde. Juristen hatten sich ebenfalls gemeldet, um von verdächtigen Personen oder Autos in ihrem Umfeld zu berichten. Und das deutschlandweit. Es war zum Verzweifeln. Eine schiere Panik machte sich innerhalb der Jurisdiktion Deutschlands breit. Das war wirklich das Letzte, was sie brauchen konnten. Sie hatten jeden verfügbaren Polizisten in die Blume beordert und Aufträge verteilt. Das Gleiche in Hamburg. Selbst der beschränkte Stührwoldt-Vestermann hatte inzwischen die Dimension des Falles begriffen. Sie hatten ihn erst spät erreicht. Er war ein wenig zerknirscht, dass Christian Balder verschwunden war. Volker Koch hatte berichtet, dass es Gerüchte gab, dass der Hamburger Kripo-Chef einen ordentlichen Einlauf von seinem Vater, dem Polizeipräsidenten, bekommen hatte.

Aber irgendwann ließ bei allen die Konzentration nach und sie hatten Schichten eingerichtet, so dass durchgängig gearbeitet wurde. Gromow hatte van Busche ihre Jacke in die Hand gedrückt und nun saßen sie in der L'Osteria am Kieler Hauptbahnhof. Sie waren zu Fuß durch das Schneetreiben gegangen, um wieder klarer und vor allem wacher zu werden. Gromows einfacher Satz zu dem Restaurant mit der riesigen Pizza.

„Ich möchte endlich mal wieder ein Hefeweizen frisch vom Fass, dazu ein gutes Essen."

Dagegen war nichts einzuwenden, dachte van Busche und gerade brachte der Kellner das frisch gezapfte Erdinger.

Draußen lief der jährliche Weihnachtstrubel. Der Sophienhof gegenüber leuchtete bunt, perfekt gepaart mit dem stetigen Schneefall, der dem Konsumrausch offensichtlich keinen Abbruch tat. Die Menschenmassen kämpften sich durch das Schneetreiben, in jeder Hand ihre Einkäufe.

„Prost", sagte der Detektiv, nahm einen tiefen Schluck und wischte sich den Bierschaum aus seinem Drei-Tage-Bart.

„Wirklich lecker", erwiderte van Busche.

Der Laden war brechend voll und nur mit Glück hatten sie zwei Plätze im Lounge Bereich bekommen. Die Tische reichten niemals für zwei Pizzen, aber Gromow war das egal. Eigentlich ging es ihm um das Bier.

„Meinst du, Ludwig findet einen Juristen, der perfekt in das Profil des Faulen passt?", wollte die Kommissarin wissen.

„Ich glaub nicht, aber lass doch mal nen Moment den Fall ruhen und enspann dich."

„Das sagst du so einfach. Ich steh unter immensem Druck. So einen Fall gab's in Deutschland noch nie. Serienmörder ja, viele zu Beginn des 20. Jahrhunderts. Einzelne brutale Taten auch. Dann Högel und Letter, Pfleger und Rettungsdienstler. Die haben leise getötet. Vieles kam erst lange danach raus. Aber ein Serienmörder, der seine Toten zur Schau stellt, köpft, entmannt und in Hünengräber legt?! Nein, Alexei, das ist krass. Die Medien zerpflücken mich, die Politik will meinen Kopf und meinen Chef habe ich auch schon verprellt. Wenn du den Fall löst, kaufe ich dir ein ganzes Fass Erdinger."

„Dann fang mal an zu sparen. Die sind teuer." Gromow grinste sie an.

Er erzählte ihr ein bisschen von seinem letzten Fall, um sie abzulenken, als ihre Pizza kam. Wie erwartet passten sie nicht auf den Tisch. Sie schnitten sich handliche Stücke ab und schoben die Teller schräg übereinander. Suboptimal.

Gromow genoss seine Canarino mit Egerlingen, Salami und Sardellen. Er liebte Sardellen.

„Naja, schon ein komischer Zufall, dass auch bei meinem Fall die Salz die Finger drin hatte oder?"

„Ja echt."

Van Busche hatte sich für eine Quattro Formaggi entschieden. Sie versuchte gerade, ihren Fleischkonsum etwas zu reduzieren.

„Ich find's krass, wie einseitig und hart deutsche Gerichte häufig bei Sorgerechtsstreitigkeiten entscheiden. Kinder brauchen doch Mutter und Vater. Ich hätte meinen jedenfalls gern regelmäßig gesehen."

Gromow war das uneheliche Kind einer Liebschaft seiner Mutter mit dem ehemaligen russischen General Boris Gromow. Erst zum Ende seiner Jugend hatte er den Mann kennen gelernt, der ihm zu seinem Namen verholfen hatte.

„Die Salz war aber wohl auch besonders extrem. Da ist's viel schlimmer, dass die Kontrollorgane völlig versagt haben und sie wegen irgendwelcher Formalien immer weitermachen konnte. Deutschland sollte doch nen funktionierendes Rechtssystem haben."

„Es gibt halt in jedem Beruf schwarze Schafe."

„Ja, aber in der freien Wirtschaft kostet dich das den Job."

„Wohl wahr. Wirtschaft ist genau das Stichwort. Noch'n Hefe?", fragte Gromow.

„Eins für'n Durst, eins für'n Geschmack", war die schlagfertige Antwort.

Sie hatten gerade das zweite Bier erhalten und angetrunken, als van Busches Handy klingelte. Ein paar Gäste drehten sich genervt um.

„Hier Kathrin, was gibt's Gunnar?"

Sie hörte angespannt zu.

„Alles klar, wir kommen sofort."

Die Kommissarin blickte Gromow an.

„Nimm lieber noch schnell nen Schluck. Die haben den V70 gefunden. Der Mörder hat endlich nen Fehler gemacht. Er hat den Wagen nach Berlin gebracht und an einen Händler verkauft. Dabei hat er vergessen, die selbst gemachten Nummernschilder abzuschrauben."

Gromow guckte sehnsüchtig zu seinem Bier, nahm einen Schluck und ging bezahlen.

Zurück nahmen sie ein Taxi vom Taxistand gegenüber am Bahnhof.

Er ärgerte sich maßlos. Wie hatte er nur so dumm sein können?! Da plante er jede seiner Taten bis ins kleinste Detail und dann das. Vergessen die Nummernschilder abzubauen! So was Dämliches. Fuck. Zum Glück hatte er seine Verkleidung gedacht. Immerhin. Aber das nervte ihn jetzt richtig. Er überlegte, ob irgendwas auf ihn deutete. Die Fahrgestellnummer hatte er schon vor langer Zeit rausgefeilt. Handschuhe hatte er auch immer getragen, eine Perücke ebenfalls. Allerdings war auch nichts von ihm registriert, da er nie mit dem Gesetz in Konflikt gekommen war. Was blieb also? Ein leerer Volvo. So langsam beruhigte er sich. Das durfte seine Planungen nicht gefährden. Den heutigen Tag hatte er damit verbracht, sich ein neues Auto zu besorgen. Das war gar nicht so einfach wie früher. Aber schließlich war er auf die geniale Idee gekommen, am Schwarzen Brett in der Uni zu gucken. Zack, zwei Stunden später war er Besitzer eines VW Passat Kombis. Alles in bar und mit falscher Identität. Neue Nummern waren schon dran. Die hatte er schon lange liegen gehabt. Vorbereitung war eben alles. Er würde den Wagen eh nicht lange haben. Sein Werk war fast vollbracht. Und Glück hatte er auch noch gehabt. Am frühen Morgen hatte er dem BMW von Christian Balder einen GPS Tracker verpasst. Jetzt hatte er im Polizeifunk gehört, dass halb Hamburg nach ihm suchte. Er öffnete die Tracking App auf seinem Smartphone und schaute sich interessiert die Karte und den kleinen blauen Punkt an. In Hamburg konnten sie lange suchen. Aber darum würde er sich erst morgen kümmern. Zuerst musste er das Hünengrab erkunden. Da durfte er kein Risiko eingehen.

Sie hatten einen neuen Verdächtigen. Als van Busche und Gromow in der Blume angekommen waren, hatte sie Angelica Scholz freudig in Empfang genommen.

„Schaut mal, was ich gefunden habe."

Sie wedelte mit einer Akte vor den Gesichtern der beiden rum.

„Eine Akte? Ich bin beeindruckt“, war Gromows ironischer Kommentar.

„Es geht darum, was drinnen steht. Ein Wirtschaftsfall von Rotenstein. Es ging um ein Patent. Irgendein kompliziertes Kühlverfahren, um Lebensmittel länger haltbar zu machen. Er vertrat die Gegenseite, einen großen Konzern und gewann, wie eigentlich immer. Nils Gerling konnte sein Patent nicht geltend machen und ging pleite. Er hatte alles in die Entwicklung des Kühlsystems gesteckt.“

Van Busche unterbrach die junge Kommissarin.

„Angelica, komm zum Punkt. Ich bin müde. Bitte …“

„Sorry, aber das ist wichtig, um das Folgende zu verstehen. Noch im Gerichtssaal flippte Gerling völlig aus. Beschimpfte den Richter und Rotenstein. Ich zitiere: *An den Galgen müsste man euch hängen. Das ganze verdammte Juristenpack. Wir sehen uns noch*.“

Scholz schaute triumphierend zu den beiden.

„Sieht so aus, als ob wir weitere Überstunden machen müssen. Ist Hinrichs auf dem Weg nach Berlin wegen des Volvos?“

„Ja und Gunnar besorgt Infos zu Gerling. Der wohnt in der Nähe von Plön. Soll eine Streife das Haus beobachten?“

„Nein, das soll Harz mit seinen Jungs machen. Wer weiß, was son Dorfpolizist so anstellt“, entgegnete die Hauptkommissarin in Anspielung auf einen älteren Fall, als zwei Streifenpolizisten in bester Kling und Klang Manier einen Mörder hatten laufen lassen.

Entsetzen

21.12. Krelinger Heide nahe Fallingbostel am Morgen

Christian Balder war dick. Nein, fett, wie er sich selbst eingestehen musste. Jede Art von körperlicher Anstrengung war ihm zuwider und so war es nur natürlich, dass er beim Angeln hängengeblieben war. Wenig Bewegung, dazu gutes Essen im Anschluss. Was will man mehr. Es war noch sehr früh, höchstens fünf Uhr, aber Balder hatte schon gefrühstückt. Fünf Eier, dazu drei Toastscheiben mit Schimmelkäse, zwei Brötchen mit Nutella, zwei Waffeln und die restlichen Würstchen von gestern. Nicht gerade ein Königsmahl, aber in seiner Situation musste er sich eben mit Wenigem begnügen. Als er die Schmierereien an seinem Haus gesehen hatte, packte er einen kleinen Koffer und floh aus Hamburg. Da hatte es nicht gereicht, einen Großeinkauf zu machen. Nur das Nötigste in einem kleinen Supermarkt in Fallingbostel. Er brauchte eine Auszeit. Dieser verdammte Prozess. Er hatte ihn gar nicht gewollt, musste für einen erkrankten Kollegen einspringen. Dann diese unselige BILD-Zeitung. Die Sache war doch gar nicht so schwarz-weiß, wie das Boulevardblatt es darstellte. Die Frau war betrunken gewesen, die Männer auch. Genaugenommen hatten sie gemeinsam gefeiert. Irgendwie war es dann aus dem Ruder gelaufen. Sie wollte Sex mit einem der Männer. Das führte zu einem Missverständnis. Er konnte doch nicht die Zukunft der Männer verbauen, nur weil das dumme Flittchen vögeln wollte. Okay, sie war erst 14. Hätte sie sich aber halt vorher überlegen müssen. Und jetzt hatte er den Salat. Dazu noch der verrückte Juristenmörder, von dem ganz Deutschland sprach. Nein, er konnte jetzt nicht arbeiten. Das würden sie schon verstehen. Auszeit war jetzt angesagt. Die kleine Fischerhütte war ganz gemütlich und das Bett stabil genug. Dazu war sie gut über die A7 zu erreichen, selbst bei dem Wetter. Sie gehörte einem guten Freund und würde ihm die nötige Ruhe bieten, bis sich die Wogen geglättet hätten. Er klappte den Kragen seiner dicken Jacke hoch, setzte eine Wollmütze auf, packte seinen Angelkoffer am Griff und öffnete die Tür. Auch heute schneite es leicht und so konnte er nicht sofort erkennen, was vor ihm war.

„Guten Morgen Herr Balder."

Entsetzen machte sich breit.

Diesen Fettsack konnte er nicht zum Grab schleppen. Daher musste er ihn lebend und vor allem gehend dort hinbringen. Sein Glück hielt an. Der Angelteich lag nur fünf Kilometer vom Großsteingrab Krelingen, das auch noch groß genug war, diese ekelhafte Masse aufzunehmen. Was für ein Zufall. Das Grab hatte er schon länger in seiner engeren Wahl gehabt und der Idiot versteckte sich auch noch in der Nähe. Hoffentlich pisste der sich nicht ein, so wie der zitterte. Er bog vorm Gasthaus Columbus links ab und gleich wieder rechts. Das Grab war einfach zu finden, obwohl es dunkel war und schneite. Aber das war nur gut für ihn. Der kleine Waldweg war ideal. Er parkte so weit hinten wie möglich, damit er nicht von der Straße aus zu sehen war.

„Endstation Fettsack. Aussteigen, sonst knall ich dich gleich hier ab."

Seine alte Steyr-Pistole zielte auf den dicken Schädel des schlotternden Richters. Durch den Knebel kamen nur unartikulierte Geräusche.

„Denk dran, du bist zu fett zum Weglaufen. Immer den Weg entlang.“ Dabei fuchtelte er wieder mit der Pistole. Die wollte er eigentlich gar nicht benutzen, würde es zur Not aber tun, falls der Fettsack Sperenzchen machte. In der linken Hand trug er die kleine Sporttasche, wo die wichtigen Dinge drinnen waren. Sie konnten die Steine erst erkennen, als sie quasi davorstanden. Die Augen des Richters weiteten sich vor Entsetzen. Erst jetzt wurde ihm wirklich klar, mit wem er es zu tun hatte. Er drehte sich um und wollte sich gegen seinen Entführer werfen, als ihn die brutal geschwungene Axt frontal auf der Stirn traf, er langsam rückwärts über die Steine ins Grab fiel und sein unglückliches Leben aushauchte.

Treffer versenkt. Das ersparte ihm doch richtig Arbeit. Nicht wie bei der fetten Verfahrensbeiständin, wo er sich fast nen Bruch gehoben hätte. Er zog den toten Richter noch ein wenig weiter in die Mitte des Grabes.

Aus der Tasche holte er Messer und Richtereid und nagelte diesen wie zuvor schon bei Steffi Salz auf der Brust des Toten mit großer Kraft fest.

„Ich schwöre, das Richteramt getreu dem Grundgesetz der Bundesrepublik Deutschland und getreu dem Gesetz auszuüben, nach bestem Wissen und Gewissen ohne Ansehen der Person zu urteilen und nur der Wahrheit und Gerechtigkeit zu dienen, so wahr mir Gott helfe.“

Er zog sich am Auto komplett um und legte sämtliche Kleidung und die Schuhe in einen großen blauen Müllsack. Den würde auf dem Rückweg entsorgen. Er wusste auch schon wo. Müll lag genug an Deutschlands Autobahnen.

Van Busche hatte sich gerade einen Kaffee geholt und wollte sich auf die Teamsitzung vorbereiten, als ihr Telefon klingelte.

„Van Busche."

„Hallo Kathrin, hier ist Volker Koch aus Hamburg. Ich hab was für euch."

„Schieß los. Was denn?"

„Ein Freund von Balder hat angegeben, dass sie häufig zusammen angeln. Er hat da so nen kleinen Angelsee in der Nähe von Fallingbostel gepachtet. Da ist auch ne Hütte drauf, die winterfest ist. Balder hat nen eigenen Schlüssel."

„Ist schon jemand auf dem Weg?", wollte die Kommissarin wissen.

„Ja, eine Streife aus Fallingbostel ist sofort hin und schon da. Sie sagen, die Hütte ist leer, aber bewohnt. Ein Auto steht auch davor. Die Tür war offen."

„Die sollen sofort eine Suche organisieren."

„Nicht nötig", hörte sie Gromow aus dem Hintergrund.

Er hielt ihr sein Handy hin. Eine Internetseite war geöffnet.

www.steinzeugen.de – Großsteingräber bei Fallingbostel, las sie und schaute auf die kleinen Bilder.

„Scheiße, wir müssen sofort das LKA Niedersachsen einschalten. Vielleicht haben wir Glück und sind noch rechtzeitig."

Sie beendete das Telefonat und ließ sich von ihrer Sekretärin die Nummer geben.

Eine Stunde später wussten sie, dass sie tatsächlich zu spät gewesen waren. Das LKA war schnell gewesen, aber eben nicht schnell genug. Die Leiche war noch warm gewesen.

Vielleicht eine halbe Stunde tot. Sie hatten sofort eine Großfahndung eingeleitet. Bisher jedoch ohne Erfolg. Es lagen einfach zu viele Autobahnen in der Nähe. Der Täter konnte in alle Richtungen flüchten. Zeugen gab es keine. Die Uhrzeit und der Schneefall waren schlechte Begleiter und so hatten erste Befragungen nichts ergeben. Eine Frage kreiste über der Tat. Woher hatte der Mörder gewusst, wo Balder sich versteckt hatte? Kam er etwa aus dem direkten Umfeld des Richters? Der Freund hatte bestätigt, dass nicht viele Leute die Hütte kannten. Sie war aber auch kein Geheimnis gewesen. Insofern konnten sie den Personenkreis nicht genau eingrenzen. Sie traten also erneut auf der Stelle. Die Forensiker waren noch bei der Arbeit. Darauf beruhten jetzt ihre Hoffnungen. Der Volvo in Berlin und der Tatort in Krelingen. Der Täter hatte mit dem Auto einen ersten Fehler gemacht. Vielleicht machte er weitere. Diesmal war es knapp gewesen.

Kurze Zeit später hielten sie noch eine Videokonferenz mit Hamburg und Niedersachsen ab. Stührwoldt-Vestermann wand sich wie ein Aal, um nicht zuzugeben, dass er Scheiße gebaut hatte. Staatsanwalt Walter war gar nicht erst zu erreichen gewesen.

„Woher sollten wir wissen, dass der Täter wieder so schnell zuschlägt?“, fragte der Hamburger Chef der Kripo und hoffte auf Unterstützung.

„An diesem Fall ist nichts normal. Das sollten sie langsam kapiert haben“, entgegnete van Busche genervt.

„Wir haben einfach zu viel zu tun. Das ist nicht meine Schuld“, kam als nächste Ausrede. „Ihr hättet die Hütte ja auch früher finden können.“

Der Ersten Kieler Hauptkommissarin platzte der Kragen.

„WIR haben sie gefunden, obwohl Balder und sein Umfeld Hamburg zugeordnet waren, Sie elender Stümper. Dazu haben wir Sie stundenlang nicht erreichen können, wo immer sie auch waren.“

Stührwoldt-Vestermann schluckte sichtlich und suchte nach weiteren Worten der Verteidigung. Da platzte auch Gromow der Kragen. Er hatte sich im Hintergrund aufgehalten, nur zugehört. Er lehnte sich nach vorne, so dass er im Bild auftauchte.

„Hubertus, du dämlicher Idiot, halt einfach die Fresse. Wenn du den Mund aufmachst, ist das so, als ob einem nen blinder Veganer ein Mettbrötchen erklärt!“

Damit war die Videokonferenz schlagartig beendet. In Kiel hielten sie erst die Luft an, brachen dann aber in schallendes Gelächter aus.

Der V70 des Serienmörders

Auto-Alex in Berlin, 21.12. gegen Mittag

„Ihr blockiert mir meine Werkstatt und macht mir auch noch das Geschäft kaputt", schimpfte Inhaber Alexander Woldmann erneut auf die Mitarbeiter der Kieler Spurensicherung. Der Volvo V70 stand geschützt vor dem heftigen Schneefall in der weißen Werkstatt von Auto-Alex in der Blankenburger Straße in Pankow. „Dafür will ick Verdienstausfall!"

Auto-Alex schaute den Kriminaltechniker Niels Hinrichs wütend an.

„Lieber Herr Woldmann, lassen Sie uns einfach unsere Arbeit tun", antwortete Hinrichs mit seiner piepsigen Stimme. „Je schneller wir fertig sind, desto schneller läuft Ihr Laden wieder."

Alex Woldmann ging genervt wieder zurück in sein Büro.

„Und macht mir den schönen Volvo nicht kaputt, hab ick teuer erstanden."

Hinrichs hatte das unglaubliche Fundstück in einen Plastikbeutel getan. Auch wenn keine Fingerabdrücke darauf zu finden waren, war das ein Volltreffer. Der Juristenmörder ging so akribisch und perfekt vorbereitet vor und dann das. Eine 3-Euro-Quittung vom Parkschein ACPOA Parking Heegbarg, Hamburg-Poppenbüttel. Kathrin van Busche war vor Freude fast ausgeflippt. Der Mörder machte doch Fehler. Und wozu zum Teufel brauchte er eine Quittung? Mehrere Einheiten waren unterwegs ins Alstertaler Einkaufszentrum und die Polizei-Beamten befragten Kunden, Ladenbesitzer und Angestellte nach dem Unbekannten mit dem dunkelblauen Volvo. Sie waren ihm dicht auf den Fersen. Im Volvo V70 war ansonsten aber nichts zu finden, er war wie geleckt. Auch die Personen-Beschreibung hatte keine neuen Erkenntnisse gebracht, sie war fast identisch mit dem Phantombild aus Sankt Peter-Ording. Wieder Verkleidung mit Perücke. Die drei Spezialisten waren inzwischen mit dem Motorraum beschäftigt. Aber auch dort fanden sie nichts. Niels Hinrichs blätterte im Handbuch. Es gab vier Sicherungsträger am Volvo. Hinrichs machte die Fahrertür auf und schaute sich die seitliche halbrunde Abdeckung am Instrumententräger genauer an. Er entfernte diese und betrachtet die Sicherungen genau mit seiner Lupe.

„Jungs, Jungs. Ich hab was! Ich hab was!"

Hinrichs hohe Stimme überschlug sich. Auf der roten Flachsicherung 30 AMP war tatsächlich ein Fingerabdruck zu erkennen.

Hubertus Stührwoldt-Vestermann hielt stolz die Titelseite des Hamburger Abendblatts hoch.

„Gerichtspräsident lässt Häftlinge für seine Geburtstagsparty arbeiten."

Er erklärte den Teilnehmern der Konferenz im LKA Hamburg mit der Kieler Kollegin, dass der Bund der Steuerzahler Hamburg heftige Kritik am Präsidenten des Hamburger Amtsgericht, Mathias Messerer, geübt hätte und von einem „Skandal in Hamburgs Justiz" sprach. Messerer hatte anlässlich seines 60. Geburtstags rund 500 Gäste ins Foyer des Justizzentrums eingeladen. Um den Auf- und Abbau kümmerten sich die Gerichtsbediensteten und auch Strafgefangene aus dem offenen Vollzug. Auch die Rechnung der Party mit Jazzband, lauter Leckereien und viel Champagner und Wein sei zunächst auf Steuerzahlerkosten gegangen, erst nach dem exklusiven Bericht im Abendblatt zahlte Messerer die Rechnung privat. Im Artikel hieß es weiter, „die Bediensteten sind für das Gemeinwohl zuständig, nicht für die private Party des Präsidenten." Dieses Vorgehen sei untragbar.

„Tja, und wo Hamburg ist, ist vorne. Wir haben Messerer unter ständigen Polizeischutz gestellt."

Der Hamburger Chef der Kripo erläuterte weiter, dass eine Gerichtssprecherin zwar jetzt von einer „Dienstlichen Feier" ausgehen würde und dass die Überstunden der Mitarbeiter natürlich auf freiwilliger Basis erfolgt seien.

„Aber eins ist ja logo. Messerer steht jetzt auf der Liste unseres Mörders ganz oben."

Stührwold-Vestermann betonte zudem, dass seine Hamburger Jungs das Alstertaler Einkaufszentrum von oben bis unten auseinandernehmen würden. Es würde bei ihm im Team alles bestens laufen.

Van Busche hielt nicht viel von ihrem Hamburger Kollegen, aber in dem Fall lag er wohl richtig. Sie war am späten Morgen mit Alexei Gromow nach Hamburg gekommen. Dieser durfte aber das Polizeipräsidium in Winterhude nicht betreten.

Die Kieler Kommissarin trug ihre neuen Erkenntnisse aus Berlin vor. Bezüglich des Parkscheins wollte Gunnar Ludwig mithilfe von Datum und Uhrzeit mögliche Überwachungskameras in Poppenbüttel ausfindig machen und überprüfen.

„Der Fingerabdruck kann natürlich Gold wert sein."

Die Personenfahndung würde über die Datenbanken INPOL und POLAS mit allen bundesweit gesicherten kriminaltechnisch gesicherten Spuren abgeglichen.

„Das kann aber natürlich dauern."

Van Busche hoffte natürlich auf einen Treffer in der Datenbank, aber genauso gut konnte es auch ein Fingerabdruck von einem Werkstattmitarbeiter sein oder der Abdruck war dort wie so viele nicht zu finden. Meyer, Wilhelm und Aslan waren zur Zulassungsstelle gefahren und sollten eine Liste mit allen Volvo V70-Fahrern aus Hamburg-Poppenbüttel und den umliegenden Stadtteilen Volksdorf, Hummelsbüttel, Langenhorn, Sasel, Bergstedt, Wellingsbüttel, Ohlsdorf und Lemsahl-Mellingstedt erstellen und überprüfen. In Hamburg gab es insgesamt rund sechshundert dunkelblaue Volvo V70. Sie schätzte im Norden der Stadt wären es dann maximal noch 100, vielleicht so 50, 60. Ihr iPhone vibrierte. Es war Käppner, aber sie ging nicht ran.

„Wir müssen jetzt wirklich gemeinsam hoffen, dass der Wahnsinn endlich aufhört."

Van Busche wollte dies als versöhnende Geste zwischen den Teams aus Kiel und Hamburg anbringen, aber Stührwold-Vestermann schaute nur arrogant zur Decke und spielte mit seiner Sonnenbrille.

„Wir haben zudem noch eine neue Spur", ergänzte van Busche und berichtete von dem Wirtschaftsfall von Rotenstein, von dem Patent des Kühlverfahrens und von Nils Gerling aus Ascheberg bei Plön.

„Da braucht ihr keinen hinzuschicken. Lohnt nich", sagte Stührwold-Vestermann. „Wir brauchen alle Mann hier in Poppenbüttel."

„Unser Team um Manfred Harz ist schon unterwegs. Sie wissen doch auch gar nichts zu dem Fall, Herr Stührwold-Vestermann."

„Doch, ich weiß was. Lohnt nich."

Der Hamburger Chef der Kripo fing laut an, über seinen eigenen Witz zu lachen.

„Lohnt nich. Ich lach mich tot. Lohnt nich."

Kathrin van Busche packte ihre Sachen zusammen, ging Richtung Tür und sagte zum Abschied.

„An den Galgen müsste man euch hängen. Das ganze verdammte Juristenpack. Wir sehen uns noch."

„Was soll das denn jetzt?", fragte Stührwold-Vestermann entgeistert.

„Das hat er gesagt. Der Nils Gerling. Tschüss."

Und wieder Tarbek

In der Nähe von Bornhöved am Nachmittag des 21.12.

„Das gibt's doch nicht. Der biegt hier links ab. Fahr langsamer."

Die beiden Überwachungsspezialisten des LKA Schleswig-Holsteins näherten sich dem Ortsende Schmalensees. Vier Autos vor ihnen sahen sie den alten Opel-Astra von Gerling Richtung Tarbek abbiegen. Es fing an zu dämmern und der leichte Schneefall beeinträchtigte die Sicht zusätzlich.

„Meinst du etwa?", fragte der ältere Hansen den noch jungen Pettersen.

„Auf jeden Fall. Hier is doch sonst nix. Ruf mal die van Busche an", entgegnete dieser.

„Ne, noch nich. Die is doch immer gleich außer Haut, wenn man was falsch macht. Wir gucken noch und rufen dann Harz an."

Sie ließen den Abstand noch größer werden und fuhren ebenfalls in die kleine Straße. Zwei Stunden hatten sie vor dem kleinen Haus in Glasholz-Ascheberg gestanden. Gerling war zu Hause. Der Opel stand in der Einfahrt. Hinter dem weißen, baufälligen Nachkriegsgebäude konnte sie noch eine Garage und eine größere Halle erkennen. Ebenfalls schon mit besseren Zeiten gesegnet. Das Gelände sah trostlos aus. Ein vereinsamtes Firmenschild ließ bessere Zeiten erahnen. *Kühltechnik Gerling*. Die roten Buchstaben verblassten stark und waren schwer zu erkennen. Ihr Auto stand in der Wilhelm-Bruer Straße gegenüber. Sie froren, wollten aber den Motor auslassen, um nicht aufzufallen. Die Scheiben beschlugen und so entschieden sie sich für die Standheizung. Ein Rentner mit typisch kläffendem Kleinköter ging vorbei und schaute neugierig ins Auto. Zum Glück für sie war in dem Moment Gerling aus seinem Haus gekommen, in den Astra gestiegen und hatte sich auf den Weg zur Bundesstraße 430 nach Neumünster gemacht. So waren sie ihm gefolgt und fuhren jetzt Richtung Tarbek.

„Halt bloß Abstand. Der sieht uns auf Kilometer."

Pettersen fuhr noch langsamer. Rechts sahen sie einen kleinen verschneiten Sportplatz, links ein Architektenhaus mit Firmengelände. Die Rücklichter waren minimale rote Punkte in der Ferne.

„Fahr noch langsamer. Wenn wir recht haben, hält er gleich an."

Und das tat er. Stellte den Wagen auf der linken Seite ab, stieg aus. Die beiden Polizisten fuhren langsam vorbei. Halten war unmöglich. Sie sahen, wie der der Verdächtige den Kragen seiner Jacke hochschlug und am Feldrand Richtung Grabanlagen ging.

„Scheiße. Und nun?", fragte Petterson den älteren Kollegen.

„Rufen wir Harz an, beantragen Satellitenüberwachung und schauen vom Bildschirm zu."

Hansen zog den Reißverschluss seiner Outdoorjacke zu und grinste.

„Das geht doch gar nicht", entgegnete ein perplexer Petterson.

„Richtig. Deswegen stellst du jetzt den Wagen ab, nimmst Kamera und Fernglas und wir machen uns ebenfalls auf den Weg."

Sie hielten sich rechts vom Weg, um für Gerling keine Spuren zu hinterlassen. Aber ihre Sorge war unbegründet.

Gerling war am ersten Grab, in dem die Leichen gefunden worden waren, vorbeigegangen und hatte ein größeres Feld überquert. Er saß auf dem nächsten Grabhügel unter einer Eiche und rauchte. Sie konnten ihm sich nicht weiter näher, da nur freie Fläche zwischen ihnen war. Dank der Vergrößerung des Teleobjektivs war das aber kein Problem.

Hansen tippte mit kalten Fingern eine Nachricht für seinen Chef, um dann festzustellen, dass mal wieder kein Netz vorhanden war. Es war in Deutschland doch immer der gleiche Scheiß, dachte er. Bei seinen Angelurlauben in Schweden hatte er selbst mitten auf den Seen noch LTE und hier? Nichts, aber auch gar nichts.

Während sich Gerling die nächste Zigarette ansteckte, hörten sie lautes Gebell auf sich zukommen. Ein großer schwarzer Schatten näherte sich schnell. In größerer Entfernung lautes Geschrei.

„Rübe. Halt. Stopp. Hier. Komm her. Sofort. Rübe. Hierher."

Bei den beiden Polizisten machte sich leichte Panik breit. Der Alptraum eines jeden Überwachungsspezialisten. Ein unangeleinter Hund.

Dieser war fast bei ihnen und legte keinen Wert auf die Rufe seines Herrchens. Er sprang in großen Sätzen auf sie zu.

„Keine Angst. Der will nur spielen. Rübe, komm her." Ein älterer Herr im Tweedmantel kam über die Wiese gerannt. In der Hand eine Leine.

Rübe interessierte das alles nicht und er sprang an Petterson hoch. Hansen überlegte kurz, ob er den Köter einfach abknallen sollte, wollte aber seinen Kollegen nicht gefährden. Der Hund machte tatsächlich auch eher freudige Sprünge.

„Entschuldigung. Rübe ist manchmal nen bisschen wild. Rübe komm her." Das Leckerli in der Hand des Besitzers war aber nicht so interessant wie Pettersons Hose, der zu Hause Katzen hatte, wie er später gestand.

Hansen blickte sich um, ergriff einen Knüppel und schlug Rübe heftig in die Seite. Der Hund jaulte auf und verkroch sich sofort hinter seinem Herrchen.

„Sind sie wahnsinnig? Sie können doch nich einfach meinen armen Rübe schlagen."

„Doch ich kann und ich werde, wenn sie nich sofort ihren Hund anleinen und sich verziehen. Wir sind von der Polizei." Dabei holte er seinen Ausweis aus der Tasche und hielt ihn dem verdutzten Besitzer unter die Nase.

Dieser zog beleidigt und murmelnd ab, wobei sie glaubten, etwas von Hundehasser und armer Rübe verstanden zu haben.

Hinter sich hörten sie ein Auto anspringen und sahen Gerling davonfahren.

„Wir sind aufgeflogen, sorry. Aber der Hund war schuld."

Hansen hörte Manfred Harz fluchen.

„Damned. Wo seid ihr jetzt?"

„Naja, wir sind nach Bornhöved gefahren, weil hier überall kein Empfang war."

„Ihr fahrt jetzt nach Ascheberg und guckt, ob er wieder zu Hause ist. Ich besprech mit van Busche, ob wir ihn hochnehmen. Ihr wartet dort. Did you understand?"

Harz ging allen beim LKA mit seinen Anglizismen auf die Nerven. Aber als Chef konnte er sich das erlauben, zumal er ein guter Polizist war.

„Was meinst du, Kathrin?"

Van Busche war ein wenig irritiert über die persönliche Anrede.

„Äh, erstmal noch weiter beobachten. Wir sammeln noch. Es gibt wohl weitere Immobilien in Hamburg, die noch nicht verkauft sind. Die Hamburger checken sie. Er passt ins Schema, ohne Frage. Es fehlen aber noch Beweise.“

„Aber der Besuch des Hünengrabes ist doch Grund genug für eine Befragung. For sure.“

„Ja, im Prinzip schon. Wir warten aber noch auf das Ergebnis des Fingerabdrucks und auf Bilder aus dem Einkaufszentrum. Dann hätten wir mehr in der Hand. Is das Team noch vor Ort?“, wollte die Kommissarin wissen.

„Yes. Er is wohl direkt nach Hause gefahren.“

„Dann warten wir ab. Ich sprech aber schon mal mit Walter. See you.“

Diesmal war es Harz, der verdutzt auf sein Telefon schaute.

Konfrontation

Vor dem Polizeipräsidium in Winterhude,
21.12. um 17:03 Uhr

Es kam, wie es kommen musste. Alexei Gromow hatte sich im DAV-Kletterzentrum in Lokstedt herumgetrieben, in der Hoffnung, bei einer ihm bekannten Seilschaft einzusteigen, da sein Kletterpartner Volker Koch ja arbeiten musste. Das hatte funktioniert und so war er in den Genuss einiger Routen gekommen, die er schon länger als Projekte auf seiner Liste hatte. Er hatte endlich die 7+ geschafft, die ihn im hinteren Teil des Neubaus gereizt hatte. Die Route war schön geschraubt und aus seiner Sicht ging sie auch gut auf, wenn da nicht dieser verdammte letzte Zug gewesen wäre. Es gab Kletterer, denen war ein Sturz egal. Sie machten einfach ihre Züge. Fielen sie ins Seil, war das nicht schlimm. Gromow gehörte nicht dazu. Er glaubte zwar an die Sicherheit des Materials, trotzdem kletterte er lieber reversibel, also einen Zug zurück, bevor er stürzte. Tief in seinem Inneren schwang immer eine Urangst mit, die er nur schwer besiegen konnte. Heute aber hatte er sich getraut, hatte sich überwunden, getrieben von der Wut auf seinen Ex-Chef, der in dem Fall mitmischte.

Van Busche hatte ihm eine Whatsapp-Nachricht geschrieben und bat ihn, sie um 17 Uhr vor dem Polizeipräsidium in Winterhude abzuholen. Er hatte sich bei seinen Kumpels überschwänglich bedankt, geduscht und hielt vor dem futuristischen Gebäude, was den Steuerzahler fast 300 Millionen gekostet hatte. Die Kommissarin war noch nicht draußen, dafür kam Stühwoldt-Vestermann gerade die

Treppe runter. Gromow konnte es nicht verkneifen, auszusteigen.

„Hau ab. Du hast hier nichts zu suchen“, kam es auch prompt von oberhalb.

„Ich wollt grad reingehen und ne Anzeige erstatten. Bin belästigt worden, von ner Schmalzlocke mit Sonnenbrille.“

„Du lernst es nie oder? Ich hab dich schon aus der Polizei rausschmeißen lassen. Soll ich dir deine Lizenz auch noch wegnehmen?“ Stührwoldt-Vestermann strich sich über die Haare, die trotz Windes und Schneefalls perfekt lagen.

„Wie meinst du das? Ich bin rausgeflogen, weil ich dir die Fresse poliert habe. Und wenn die rote Steffi ausgesagt hätte, dann wärst du geflogen mit deinen ganzen krummen Geschäften. Nette Jacketkronen übrigens. Weißer als die Originale.“

„Du bist so naiv und berechenbar, Gromow. Die rote Steffi is ne Nutte. Die bezahlt man und sie macht, was du willst.“

Gromow spürte ein Kribbeln im Nacken. Konnte das wahr sein? Hatte sie ihm etwas vorgespielt?

„Du hast sie eingeschüchtert oder bedroht. Und Jollen-Kalli war nich mehr auffindbar.“ Selbst in seinen Ohren hörte sich das lahm an.

„Stimmt, 500 Euro für ein kleines Rollenspiel. Das war richtig einschüchternd.“ Stührwoldt-Vestermann lachte laut auf.

„Du bist so bescheuert. Es war so einfach, dich loszuwerden, nachdem du mir nachspioniert hast.“ Sein ehemaliger Chef stand mit ausgebreiteten Armen da und grinste hämisch.

„Das Einzige, was gestört hat, war, dass dein erster Schlag so gut getroffen hat. Aber was soll's. Shit happens und du warst weg."

Da war sie wieder, diese unbändige Wut, die er schon auf dem Schulhof gespürt hatte, wenn jemand seine Mutter beleidigt hatte. Trotz des kalten Wetters brach die Hitze in Gromow aus und er stürzte sich auf Stührwoldt-Vestermann. Aber diesmal nahm er nicht die Faust, sondern seine Stirn. Er gab seinem überraschten Gegenüber eine Kopfnuss, so dass es wieder laut knackte. Die Ray-Ban Brille flog in hohem Bogen in den Schnee und der Hamburger Kommissar hinterher. Das Blut strömte aus der gebrochenen Nase. Gromow wollte hinterher, als er einen schrillen Schrei hörte. Van Busche stand mit Koch auf der obersten Stufe und brüllte mit voller Kraft.

„Alexei, hört auf! Er isses nicht wert."

Sie sprang die Treppen hinab und hielt ihn am Arm fest. Koch kam ebenfalls und stellte sich vor ihn. Im Hintergrund hatte Stührwoldt-Vestermann seine Dienstwaffe, eine Sig-Sauer P6, gezogen und brüllte ebenfalls.

„Du Hurensohn, ich bring dich um." Dabei zielte er auf den Detektiv. Koch, der in der Schusslinie stand, drehte sich um und ging auf seinen Chef zu.

„Bist du wahnsinnig hier deine Dienstwaffe zu ziehen?! Lass den Scheiß und steck sie weg, bevor ein Unglück passiert."

Mittlerweile hatte sich eine interessierte Menschenmenge gebildet, die dem Schauspiel beiwohnte. Ein Wettpissen aller erster Güte. Ungefähr so musste es auch schon in der Steinzeit gewesen sein, wenn sich Männer um eine Frau stritten, dachte van Busche, während sie Gromow in Richtung Auto schob.

„Wir seh'n uns noch!", schrie ihm Stührwoldt-Vestermann hinterher.

Der Detektiv drehte sich gegen van Busches Widerstand um.

„Das will ich doch hoffen. Aller guten Dinge sind drei!"

Es schneite wieder stärker. Die A7 war komplett dicht. Van Busche beschloss, bei Gromow zu übernachten und rief Johann an. Er und Nick waren weiterhin in Bingen bei seinen Eltern. Eigentlich wollte sie nicht, dass die beiden über die Feiertage dort blieben. Was sollte sie machen? Könnten sie den Fall schnell lösen, würde sie einfach nachfahren und alle überraschen. Aber da wohl eher der Wunsch Vater des Gedanken. Zumindest hatten die beiden eine gute Zeit, wie Johann berichtete und auch Nick freute sich, seine Großeltern zu sehen.

Sie kämpften sich durch den Feierabendverkehr und das Schneechaos und kamen über Umwege nach über einer Stunde in Prisdorf an.

Gromows kleines Haus auf dem großen, alten Fabrikgelände war die ehemalige Pförtnerunterkunft und lag ganz beschaulich am Eingang des Areals, das zumeist als Lagerraum genutzt wurde. Eine dicke Schneeschicht bedeckte das Grundstück. Sie stapften vom Auto durch den Schnee, der sich mittlerweile gut 30 Zentimeter auftürmte.

„Schneeschippen ist morgen dran. Jetzt mach ich erstma den Kamin an. Frauen frieren doch immer."

Während es langsam wärmer wurde, machte van Busche es sich auf dem Sofa gemütlich. Gromow bereitete ein kleines Abendbrot zu. Spiegeleier, Speck, getoastetes Brot, Soßen, Käsewürfel, Oliven und natürlich ein Bier.

Seine neuste Errungenschaft war aus dem privaten Kühlungsborner Brauhaus, ein Hefeweizen. Das gab es dort in Literflaschen oder bei Vorbestellung auch im Fünf-Liter-Behälter. Zur Feier des Tages, immerhin hatte er dem Vollidioten zum zweiten Mal die Nase gebrochen, spendierte er sein letztes Fass. Im Hintergrund lief Gromows neues Lieblingsalbum über Spotify. Jon and Roy – The road ahead is golden. Die drei Kanadier hatte es ihm angetan und eigneten sich perfekt für einen gemütlichen Abend vor dem Kamin.

„Lass es dir schmecken, Kathrin. Is was ganz Feines. Prost."

„Danke, Alexei. Prost. Ich weiß es zu schätzen, dass ich hier nächtigen darf. Wie läuft es eigentlich mit Maria?"

Auweia. Das hatte Gromow erfolgreich verdrängt. Er hatte noch ein schlechtes Gewissen wegen der Kellnerin. Maria war für ein paar Tage zu ihren Eltern nach Mecklenburg-Vorpommern gefahren.

„Na ja, geht so. Wir sehen uns zu wenig. Dieser Lehrervorbereitungsdienst macht sie fertig. Sie setzt sich so unter Druck und will alles perfekt machen. Aber Weihnachten wollen wir zusammen verbringen."

Er nahm einen tiefen Schluck, hoffte, dass Kathrin nicht weiter fragen würde.

Die hatte genug Empathie und ließ das Thema ruhen. Der Kamin bollerte inzwischen richtig und es wurde gemütlich warm. Kathrin zog ihren Pullover aus. Sie trug nur ein Trägershirt drunter und Gromow riskierte einen kurzen Blick auf ihre weiblichen Kurven.

„Wie geht's deinen Männern?"

„Och, ganz gut. Nick wächst und gedeiht. Er baut mittlerweile alles auseinander. Seitdem er im Kindergarten ist, wird er täglich selbstbewusster. Und Johann hat sich damit abgefunden, dass ich die Karriere mache. Er schreibt weiter für die KN, jetzt meist Holstein. Durch den Aufstieg hat er ein bisschen mehr zu tun. Ich denke, manchmal wünscht er sich das schon anders. Es ist bei uns auch nicht immer einfach. Nach diesem Fall werde ich auf jeden Fall mal Urlaub mit beiden machen."

Im Wohnzimmer war es jetzt richtig heiß geworden. Gromow schenkte nach.

„Wie immer, eins fürn Durst und eins fürn Geschmack."

Er zog nun auch seinen Pullover aus und lehnte sich zurück. Van Busche blickte ihn an. Sie kannten sich jetzt seit ein paar Jahren, hatten zusammen erfolgreich Fälle gelöst, aber nie waren sie sich wirklich nähergekommen. Gromow war ein Lebemann, er genoss das Hier und Jetzt. Es passte zu ihm, dass er nicht über die Konsequenzen nachgedacht hatte, als er auf Stührwoldt-Vestermann losgegangen war. Sie war eher der rationale Typ, plante, überlegte lange. Für sie war es immer klar gewesen, dass sie die Karriere machte. Damit musste Johann leben. Trotzdem faszinierte sie Gromows rebellische, freie Art. Auf seine Art sah er gut aus, kantig, sehnig, eben typisch wie ein Kletterer. Seine blauen Augen strahlten. Essen, Bier, nette Gesellschaft. Schon war er glücklich und zufrieden. Gerne hätte sie jetzt seine Gedanken gelesen.

„Immer noch top-fit. Siehst gut und glücklich aus, Alexei."

Gromow fragte sich, was Kathrin wohl dachte. Sie schaute ihn so fragend an. Er fand sie ausgesprochen attraktiv. Sie sah verdammt gut aus, war smart, dazu sportlich. Blonde lange Haare, dunkelbraune Augen. Außerdem trank sie gerne Bier. Herz, was willste mehr? Aber er mochte auch

Johann. Kathrin und er verdankten ihm quasi ihr Leben, als sie in Hamburg mit dem asiatischen Killer konfrontiert wurden, der für die süd-koreanische Wettmafia aktiv gewesen war. Zudem hatten die beiden einen Sohn, den er ebenfalls mochte. Gromow hatte aber einen flexiblen moralischen Kompass. Aber das sollte nicht sein, oder? Nicht in diesem Leben. Er fragte sich, wie es wohl mit ihr wäre.

Das Schweigen wurde immer länger und schließlich war es van Busches Telefon, das die beiden aus ihren Gedanken riss.

„Hallo Gunnar, was gibt's?“, begrüßte die Kommissarin den IT-Spezialisten des Teams.

„Hi Kathrin, wir haben ein Bild“, entgegnete dieser trocken.

„Ihr habt was? Ein Bild?“

„Ja, du hast richtig gehört. Der Parkschein ist eine Goldgrube. Uhrzeit, Einfahrt, Kassenautomat, Ausfahrt. Dadurch konnten wir das Bildmaterial schnell eingrenzen. Er trägt zwar ein Cappy, aber das Auto und Nummer stimmen und er hat keine Perücke auf. Wir arbeiten grad an der Vergrößerung des Fotos, da es recht pixelig ist. Bin aber zuversichtlich und dachte, du willst das schon wissen.“

„Du bist der Beste, Gunnar. Danke. Geh nach Haus und schlaf dich aus. Morgen wird unser Tag.“

„Alles klar, Chefin. Bis morgen.“

„Bis morgen.“

Fakten

Am Morgen des 22.12. in der „Blume"

Nachdem alle mit Kaffee und Tee versorgt waren, eröffnete van Busche die Sitzung.

„Ich hoffe, ihr habt gut schlafen. Wir kommen dem Täter näher und heute passiert was. Da bin ich sicher. Auch wenn der Fingerabdruck nicht registriert ist, dient er uns zum Abgleich. Gunnar hat uns das Foto besorgt und verbessert. Er druckt es grad aus und kommt gleich. Was hat die Hintergrundrecherche zu Balder und Franke ergeben?"

Sie blickte zu Scholz, die dafür verantwortlich war.

„Wir haben mit diversen Leuten aus den Umfeldern gesprochen. Balder galt als guter und gerechter Richter, bis er den Vergewaltigungsfall bekam. Er wollt ihn wohl gar nicht haben, musste aber einen Kollegen vertreten. Er tut sich ziemlich schwer mit Frauen. Also im Privatleben mein ich. Das führte zu einem ungezügelten Essverhalten. Ersatzbefriedigung halt. Drohungen gab's bis vor ein paar Tagen keine. Bis die BILD ihre Hetzkampagne startete. Feinde keine bekannt."

Die große, blonde Kommissarin nahm einen anderen Ordner und schlug ihn auf. Alles lauschten weiterhin gespannt.

„Franke war schon eher ein andres Kaliber. Es gibt mehrere Aussagen, die ihn als sexsüchtig bezeichnen. Dafür hat er auch sein Amt als Staatanwalt ausgenutzt. Es gab Beschwerden, sogar eine Anzeige. Aber irgendwie fiel immer alles unter den Tisch. Der Einzige, der gut über ihn spricht, ist sein Chef. Meinte, es sei alles rechtens zugegangen. Franke hätte vor den Anklagen alles sorgfältig geprüft. Seine Quote sei im normalen Rahmen. Wir haben auch mit Frauen gesprochen. Die schilderten ihn als zuvorkommend, charmant und oberflächlich. Wir prüfen die Gerichtsprotokolle seiner letzten Fälle. Das dauert aber noch. Das machen die Hamburger vor Ort. Auf jeden Fall bisher nichts Auffälliges. Sorry."

Ein müdes Lächeln ließ erkennen, wie sehr sie die Aktenarbeit hasste. Scholz war mehr eine Frau der Tat, die Handball spielte und Kampfsport betrieb.

„Okay. Was macht die Suche nach dem V70?"

Aslan Schmidt sprang auf. Der kleine wuselige Deutsch-Türke schien erfreut zu sein, auch etwas beitragen zu dürfen.

„Wir haben die Listen gefiltert. Alle Frauen weg, alle über Fünfzig und unter Fünfundzwanzig. Alle, deren Fingerabdrücke registriert sind. Alle Modelle, vor 2007 und nach 2016. Alle, die nich dunkelblau sind."

„Und?", wollte van Busche wissen, die langsam ungeduldig wurde.

„Naja, siebenundzwanzig. Die Hamburger fahren zu den Adressen und prüfen, ob einer wech is." Er schaute triumphierend in die Runde, als ob er den Fall gelöst hätte.

„Warten wir also ab, was das bringt. Was is mit Gerling?"

„That's my part." Harz trug wie immer einen schwarzen Anzug, ein weißes Hemd und einen grauen Schlips.

„Is noch zu Hause. No move. Einen Volvo hatte er bisher nich angemeldet. Aber hat noch nen paar Lagerhallen in Hamburg. Die sind alle unterm Hammer, aber sowas dauert. Vielleicht werden wir da fündig. Wir sollten ihn herholen. Den Fingerabdruck überprüfen. Wenn wir nen Match haben, dann is es over and out."

Gunnar Ludwig betrat den Raum. Der 1,95m große Nordfriese warf die Ausdrucke achtlos auf den Tisch. Er war mehr der digitale Mensch und konnte es nicht verstehen, wieso nicht alle bei der Kripo mit Laptop oder Tablet ausgestattet waren. Kopieren hielt er für totale Zeitverschwendung. Tiefstes Mittelalter, dachte er.

„Könnte passen, könnte auch nich“, war sein lapidarer Kommentar.

Alle schauten auf ihren Ausdruck, dann auf die Fotos von Gerling auf ihrem Whiteboard.

„Mist, die Mütze verdeckt doch zu viel“, meinte Meyer nur knapp.

„Ja, wir versuchen die Teile, die wir sehen können, biometrisch zu vergleichen. Aber das geht nicht so schnell. Dauert noch ne Stunde.“ Ludwig verließ den Raum wieder. Er hasste es, mit vielen Menschen in einem Raum zu sein.

Käppner meldete sich zu Wort.

„Ich hab lange nachgedacht. Es könnten auch zwei Täter sein. Ein Insider bei Gericht, vielleicht höhere Instanz. Und einer, der die Taten ausführt. Es wird viel Insiderwissen benötigt. Die These von Gromow ist möglich. Serienmörder wollen für ihre Taten bewundert werden, etwas hinterlassen. Ebenso die Hünengräber. Von diesen Morden wird man noch in Jahren sprechen.“

„Aber Serienmörder morden doch allein. Gestörte Persönlichkeiten. Wie soll das funktionieren?“, wollte Gromow wissen, der hier in Kiel höher geschätzt wurde als in Hamburg. Stührwoldt-Vestermann hatte sich geweigert, auch nur per Telefon an der Konferenz teilzunehmen, solange der Detektiv anwesend war. Van Busche wollte das später klären. Sie war Gromow dankbar für den netten und freundschaftlichen Abend und hatte ihn mitgenommen.

„Das wäre schon ungewöhnlich. Das stimmt“, gab Käppner zu und strich sich über sein gebügeltes Hemd. „Aber vielleicht ist der Insider nur ein bezahlter Handlanger, der zu ihm aufblickt.“

Van Busche räusperte sich. Sie trug eine blaue Jeans, eine helle Bluse und ein graues Jackett. Privat liebte sie es eher sportlich, aber seitdem sie Chefin war, gab sie sich mehr Mühe.

„Okay, zurück zu den Fakten. Uwe, was hat die Obduktion ergeben?“

Dr. Uwe Leiendecker trug wie immer seinen blütenweißen Ärztekittel und öffnete seine schwarze Ledermappe mit seinen Notizen. Er drückte sich wie immer präzise und gewählt aus und hatte keinen Sinn für die oft in der Gerichtsmedizin übliche Art von schwarzem Verdrängungs-Humor.

„Sorry, meine Obduktionsberichte liefern nicht viele neue Informationen. Balder wurde frontal mit einer Axt erschlagen. Vermutlich dieselbe wie bei der Gutachterin Conradi. Er wog übrigens 186,8 Kilo. “

„Und Franke?“

„Der Hamburger Staatsanwalt wurde tatsächlich erhängt und erst dann entmannt. In seinem Körper fanden sich Spuren von Chloroform. Ich gehe davon aus, dass er betäubt, transportiert, aufgehängt und entmannt wurde. Er hat noch gelebt, als er am Baum hochgezogen wurde. Ob er noch bei Bewusstsein war, kann ich nicht sagen.“

Van Busche schüttelte den Kopf.

„So exakt geplant und so brutal. Unglaublich.“

„Es gab keine Kampfspuren oder weitere Verletzungen bei Franke. Das Messer war wieder IKEA-Standard. Ach, eine Auffälligkeit gibt's doch noch. Die Kleidung unter dem Baum war ungetragen. Sozusagen frisch aus dem Schrank."

„Dann hat er ihn vielleicht im Schlaf betäubt und nackt mitgenommen?", fragte Wilhelm und runzelte die Stirn.

„Is ne weite Strecke bis an die Ostsee. Chloroform muss regelmäßig weiter verabreicht werden. Zu wenig, man wird wach. Zu viel, man stirbt. Schon merkwürdig und ziemlich old school." Meyer schüttelte ebenfalls den Kopf.

„Die Kollegen aus Niedersachsen haben die Hütte und das Auto von Balder auf den Kopf gestellt. Fingerabdrücke im Haus nur von ihm und seinem Angelkumpel. Das Auto war schon interessanter. Sie haben einen GPS Tracker gefunden. Für 6,99 Euro bei Ebay oder Amazon zu bestellen. Wird über ne SIM Karte betrieben. War eine Prepaid von Aldi. Also auch keine große Hilfe. Aber immerhin wissen wir, wie er ihn gefunden hat. Wahrscheinlich hatte er ihn schon länger im Visier. Zumindest wenn wir die Todsünden-Theorie verfolgen."

Van Busche schaute auf weitere ihrer Unterlagen, um zu sehen, ob noch was Interessantes dabei war.

„Unsere heißesten Spuren sind also Nils Gerling und der Volvo in Poppenbüttel. Es sei denn, in den Akten taucht irgendwo noch einer auf. Wir warten noch auf die Informationen aus Hamburg und dann holen wir ihn uns."

Nach der Sitzung ging Kathrin van Busche in ihr Büro. Mal kurz abschalten. Dieser grauenvolle Fall, die vielen Kollegen bei der Konferenz. Und auch der Abend mit Alexei. Sie ging zum Fenster und schaute in den Innenhof der Bezirkskriminalinspektion. Rasch zogen dunkle Wolken am Himmel vorbei, aber es schneite endlich nicht mehr.

Sie drehte sich mit dem Rücken zum Fenster. Auf ihrem Schreibtisch lag eine Notiz von Gunnar.

„Bitte Isabelle van Chambolle-Mousigny zurückrufen. Palo Alto. Ist die Frau von Prof. Dr. Mark Stier. Gruß Gunnar."

Interessanter Name, dachte van Busche. Auch französisch? Trotz der späten Uhrzeit in den USA wählte sie die Nummer. Beim ersten Melden war klar. Auch Französin. Van Chambolle-Mousigny sprach auch sofort den Namen der Kommissarin korrekt aus, was in Deutschland in 99 Prozent der Fälle schief ging. Kathrin van Busche war Halb-Französin. Ihre Mutter stammte aus Lille in Nordfrankreich, ihr Vater aus Kiel und ihre richtige Aussprache lautete *Büsch*.

„Das ist toll, dass Sie so schnell zurückrufen konnten", sagte Chambolle-Mousigny in akzentfreiem Deutsch. „Ich habe da noch zwei Sachen, die ich für Mark klären will."

„Schießen Sie los!"

„Also, nur das das klar ist: Mark hat mit der Sache nichts zu tun. Wir haben Bestätigungen vom Vize-Präsidenten der Stanford University, dass er diese Woche noch drei Vorlesungen im Bereich Sozialpsychologie gehalten hat, dazu drei Lehrveranstaltungen, Statistik I und III und Angewandte Psychologie."

Van Busche gab ihre E-Mail-Adresse durch und sprach nun den Namen an. Chambolle-Mousigny stammte tatsächlich auch aus Nordfrankreich, aus Boulonge-sûr-Mèr. Die Mail traf sofort ein und die Kommissarin klickte auf die angehängten PDFs. Komisch, manchmal dauerte eine Mail von Johann aus Altenholz länger.

„Also, Frau Chambolle-Mousigny. Die PDFs sind angekommen. Wenn ich richtig informiert bin, ist die Familie ihres Mannes sehr vermögend. Manchmal will man die Drecksarbeit ja auch nicht selber machen …"

„Ich bitte Sie! Nein, das ist nicht so! Nein!"

„Der Gerichtsstreit ging ewig. Das geht an die Nerven. Und ich gebe offen zu. Die Richterin Salz hat ihren Mann mies und hinterhältig betrogen."

„Ja, und ich bin entsetzt, dass so etwas in der deutschen Justiz möglich ist. Ich an Ihrer Stelle, würde den Mörder laufen lassen. Die hat das verdient, es ist gerecht so."

Jetzt war van Busche sprachlos. Hatte die echt gesagt, sie würde den Serienkiller laufen lassen? Wollte sie ihren Mann schützen? Die Kommissarin hatte den Professor aus den USA nicht wirklich auf dem Zettel, aber irgendetwas schien ihr nun faul an der Geschichte. Aber wieso dann die anderen Toten?

„Ihr Mann hat ein klares Motiv. Rache. Er war stinkend sauer auf die ganze Justiz. Und er hat genug Geld, um sich einen Killer zu engagieren."

„Das stimmt zwar beides, aber er war es nicht. Wir wussten immer, dass die mal an den Falschen gerät."

„Ihr Mann war aber in gewisser Weise der Falsche. Steinreich, einer, der sich wehren konnte."

„Frau Kommissarin. Wir sind beide promoviert, wir regeln sowas anders. Ich arbeite selber als Dozentin an der Stanford, altgriechische Philosophie. Wenn einer in Deutschland bei Rot über die Ampel fährt, dann zahlt er 80 Euro und bekommt einen Punkt. Wenn eine Richterin Rechtsbeugung begeht, dann muss sie ins Gefängnis. So einfach ist das."

„Sie hatten noch eine zweite Sache, Frau Chambolle-Mousigny?"

„Ja, wegen des Sperrvermerks. Kann der jetzt freigegeben werden. Ich meine, die ist jetzt ja tot."

„Was für ein Sperrvermerk? Ich dachte, die Akten seien vor dem BGH verschwunden?“

„Ja, die Gerichtsakten waren weg. Akten außer Kontrolle geraten, hieß das damals. Das war ein Riesen-Skandal. Aber Mark hat dann vor dem Verwaltungsgericht auf Einblick in die Jugendamtsakten geklagt. Hamburgisches Transparenzgesetz.“

„Ne, sorry, davon weiß ich noch nichts.“

Chambolle-Mousigny erklärte, dass ihr Mann vor dem Verwaltungsgericht Recht bekommen hätte und die Stadt Hamburg als übergeordnete Behörde des Jugendamts Hamburg-Altona, das für Nienstedten zuständig war, die Akten ans Gericht hätte senden müssen zur Akteneinsicht. Dann hätte Hamburg die Akten jedoch an den Innensenator gesendet und der hätte einen Sperrvermerk vor dem Oberverwaltungsgericht für die Akten beantragt. Das Oberverwaltungsgericht hätte dem zugestimmt und seitdem würden die Akten irgendwo in der Innenbehörde unter Verschluss liegen.

„Einen Sperrvermerk?“

„Ja, und eine Sperrerklärung auf der Grundlage von § 96 StPO darf nur mit der Gefahr von Nachteilen für das Wohl des Bundes oder eines deutschen Landes begründet werden.“

„Das ist ja unglaublich. Aber was will ihr Mann jetzt noch mit den Akten?“

„Mark hat über fünf Jahre gegen diesen Hamburger Justiz-Filz prozessiert. Das hat ihn eine halbe Million gekostet. Die will er jetzt zurück.“

Es klopfte. Thomas Käppner machte vorsichtig die Tür auf und schaute durch einen winzigen Spalt in das Büro. Van

Busche gab ihm ein Zeichen, dass er leise reinkommen sollte.

„Also, Frau Chambolle-Mousigny. Ich kümmere mich drum. Vielen Dank auch für die neuen Infos. Wir melden uns dann bei Ihnen. A bientôt.“

Van Busche bat Käppner, sich auf einen Sessel in der kleinen Sitzecke zu setzen.

„Thomas, das war eben die Frau von Dr. Stier aus Palo Alto. Weißt du, was die gesagt hat? Wir sollen den laufen lassen. Eine gebildete Frau.“

„Kathrin, die Fälle sind extrem krass. Ich muss dir ganz ehrlich sagen, dass ich da auch ins Grübeln komme. Klar, die meisten Juristen machen gute, ehrliche Arbeit. Aber dass das Korrektiv bei Fehlentscheidungen so versagt, das macht auch mich wütend. Da arbeitest du hart für den Laden und dann grätscht da so ein Richter willkürlich rein. Einer aus den eigenen Reihen. Da verschwimmt Gut und Böse.“

„Aber laufen lassen?“

„Nein, Kathrin, selbst wenn er das Böse in der Justiz bekämpft, so geht das nicht.“

„Aber anders auch nicht, Thomas. Der Stier hat sich mit allen juristischen Mitteln ehrlich gewehrt. Für eine halbe Million Euro! Gebracht hat es nichts.“

„Kathrin, das stimmt schon. Man denkt sowas passiert in der Türkei oder in Russland, aber nicht in Deutschland. Auch der Fall mit der Gruppenvergewaltigung schockiert mich. Die war erst 14. Und dann eine Bewährungsstrafe. Das ist so ungerecht, da wird die Familie immer mit leben müssen.“

„Ich bin heilfroh, wenn der Fall rum ist. Hoffentlich noch vor Weihnachten.“

„Ich hab nochmal über den Insider nachgedacht. Woher hat der Täter sonst die ganzen Infos? Fast alle Toten waren aus Hamburg. Ich bin mir sicher, dass es einen Informanten beim Amtsgericht Hamburg geben muss."

„Kann ja gut sein. Aber wie kommen wir an den ran?"

„Zuständig für die Schreiben sind immer die Justizsekretärinnen. Das geht dann nach einem Verteilungsplan und dem Aktenzeichen. Das ist doch ein Job für Gunnar. "

In dem Moment platze der in das Büro der Kommissarin rein. Gunnar Ludwig hielt aufgeregt ein Tablet mit einem Kartenausschnitt hoch. Van Busche war sauer. Ohne Anklopfen. Mitten im Gespräch. Aber sie interessierte brennend, was Gunnar meinte. Wie bei einem Küchenzuruf brüllte Ludwig los.

„Lagerhalle in Poppenbüttel. Nils Gerling hat ne Lagerhalle in Poppenbüttel!"

Die Schlinge zieht sich zu

Kurz vor Mittag auf der A7 Richtung Hamburg am 22.12.

Nils Gerling fuhr auf der A7 Richtung Hamburg. Momentan befand er sich Höhe Quickborn und näherte sich der Großbaustelle vor dem Autobahnkreuz Nord-West. Was für ein Wahnsinn, dachte er, eine Autobahn nachträglich zu überdachen. Hamburg war doch genauso bankrott wie er. Die konnten sich kaum die Ausstattung ihrer Schulen leisten, aber so ein Großprojekt? Er war frustriert. Immer wieder musste er an seinen Gerichtsprozess denken. Es war sein Kühlsystem. Er hatte es konstruiert, finanziert und gebaut. Das Patent konnte nur ihm gehören. Und trotzdem hatte dieser elende Rechtsanwalt Rotenstein es geschafft, die Richter zu überzeugen, dass der Konzern zur gleichen Zeit die gleiche Idee und Ausführung gehabt hatte. Wie sollte das denn gehen? Gar nichts hatten die. Einen Scheiß. Sie hatten es höchstens heimlich geklaut, aber niemals gleichzeitig entwickelt. Was hatte sein scheiß Rechtsanwalt getan? Nur Mist. Selbst die Revision ging verloren und er war bankrott. Er hatte alles in dieses Projekt gesteckt. All in sozusagen. Keine Bank wollte ihm nach dem Urteil noch Geld geben. Er hasste alle Juristen.

Der Verkehr wurde immer langsamer. Kein Wunder. Scheiß-Baustelle, Scheiß-Schnee. Sein Leben war eine einzige Katastrophe. Aber was für eine Genugtuung. Von Rotenstein in einem Hünengrab. Herrlich. Das war die beste Zigarette seines Lebens gewesen, als er auf dem großen Stein saß und Richtung Grab blickte. Etwas irritiert hatte ihn das Geschrei um diesen schwarzen Hund und die drei Personen. Was machten plötzlich so viele Menschen in dieser Einöde?

Er war wieder gefahren. Hatte sich in sein gruseliges Haus verkrochen und über seinen letzten Schritt nachgedacht. So musste es sein. Deswegen war er auf dem Weg zu seiner alten Lagerhalle in Hamburg-Poppenbüttel. Dort hatte alles begonnen, dort sollte es enden. Sein Blick fiel in den Rückspiegel und was er sah, ließ in frösteln. Auf der Rückbank lag ein 20mm Hanfseil. Zum Strick mit Schlinge gebunden. Rotenstein würde in der Hölle bald Gesellschaft haben!

Hundert Meter hinter Gerling fuhren Petterson und Hansen.

„Pass auf, dass du ihn nich verlierst“, moserte der jüngere Polizist.

Hansen brummte was von, ich mach ja schon, als sie sahen, wie Gerling in dem zähfließenden Verkehr den Blinker rechts setzte und die A7 bei Schnelsen-Nord Höhe IKEA verließ. Es waren zum Glück jede Menge Autos zwischen ihnen und sie verfolgten den Astra weiter Richtung Flughafen.

„Meinst du, der will zur Lagerhalle?“, fragte Petterson seinen Kollegen.

„Is auf jeden Fall die Richtung. Wird aber noch dauern. Der Ring 3 is bestimmt dicht.“

Sie quälten sich weiter durch den zähen Verkehr, immer Gerling im Visier.

Weiter ging es in die Ulzburger, dann in die Harksheider Straße. Schließlich in den Poppenbüttler Bogen.

„Bingo. Das ist das Gewerbegebiet, in dem auch die Halle ist. Gib das durch. Die Hamburger sollen anrücken.“

Gerling bog in der langgezogenen Kurve des Bogens rechts zur Halle ab. Er ließ den Opel ausrollen und schaltete den Motor ab. Sein Entschluss stand fest. Er musste sterben. Es gab kein Zurück. Warum auch? Er hatte eh schon alles verloren. Dieser Schritt war nur konsequent und folgerichtig. Der Richter hatte ihm seine Existenzgrundlage genommen. Der Rechtsanwalt nichts zu seiner Verteidigung getan.

Vom Rücksitz holte er das Seil. Alles weitere würde schon in der Halle sein. Mit kalten Fingern kramte er den Schlüssel aus der Hosentasche. Die Tür ließ sich nur schwer öffnen. Jede Menge Schnee lag davor. Er schob sie auf, griff um die Ecke und schaltete das Licht ein. Die großen Lampen leuchteten gespenstisch zwischen den starken Trägerbalken, die die Halle überbrückten. Perfekt!

Hansen und Petterson saßen zwanzig Meter vor der Einfahrt im Auto und warteten auf die Verstärkung aus Hamburg. In der Blume war beschlossen worden, Gerling jetzt zu verhaften. Sie wollten kein Risiko eingehen. Eine alte Lagerhalle eignete sich gut für einen weiteren Mord. Daher mussten sie sich beeilen. Stührwoldt-Vestermann hatte das SEK angefordert. Dieses traf fünfzehn Minuten später gleichzeitig mit dem Hamburger Kripo-Chef und Volker Koch ein. Nach einer kurzen Lagebesprechung, zu der auch van Busche zugeschaltet wurde, hieß es Zugriff. Die sechs Mann des SEK verteilten sich um das Gebäude. Jeder Ausgang war gesichert. Am Haupteingang, den auch Gerling benutzt hatte, machte sich Truppführer Buchholz bereit, die Tür einzuschlagen. Das Adrenalin schoss durch ihre Adern. Über Funk wurden die letzten Informationen ausgetauscht.

Stührwoldt-Vestermann wollte unbedingt den Befehl zum Zugriff geben, als Koch sich räusperte.

„Die Tür geht nach außen auf. Pack die Ramme weg. Sie ist auf.“

Er zeigte auf den schmalen schwarzen Spalt, der ihnen in ihrem Einsatzeifer nicht aufgefallen war. Buchholz blickte sich verwirrt um, legte aber doch die Handramme in den Schnee. Langsam zog er die Tür auf. Wie tausendfach trainiert gaben sie sich gegenseitig Deckung und stürmten in die Halle, die hell erleuchtet war. Sie stutzten, schauten sich verwirrt um. Der große Raum war nahezu leer. Eine umgekippte Leiter lag in der Mitte. Darüber baumelte eine Person. Der Strick war mehrfach um den mittleren Deckenbalken gelegt. Durch die Höhe der Balken hingen die Füße auf Höhe ihrer Gesichter. Es war keine weitere Person zu entdecken.

Koch blickte zu dem Toten empor und fluchte.

„So eine riesige Scheiße. Wir waren zu langsam.“

Selbst Stührwoldt-Vestermann nahm seine Sonnenbrille ab, als würde er seinen Augen nicht trauen.

In der „Blume“ wartete van Busche mit ihrem Team auf Nachrichten aus Hamburg, als erneut Gunnar Ludwig den Raum betrat und lapidar in die Runde warf, „Er war es nicht. Die Biometrie stimmt nicht.“

Alle blickten ihn an.

„Der Vergleich der Fotos ist fertig. Wenn er sich nich in den letzten Tagen ein neues Gesicht verpassen lassen hat, dann kann er’s nicht gewesen sein. Fünfzehn Prozent Übereinstimmung sind weit entfernt von ähnlich. Gerling is nich der Mann mit dem Volvo aus dem Parkhaus.“

„Sie nehmen ihn gerade hoch. Die Lagerhalle in Poppenbüttel.“ Van Busche kratzte sich am Hinterkopf. Ihr Telefon klingelte.

„Volker, was is los?“

„Wir haben eine Leiche. Sie hing an nem Balken in der Halle.“

„Ihr ward zu spät?“, fragte die Kommissarin entgeistert.

Koch schluckte.

„In gewisser Weise schon. Der Tote ist Gerling. Er hat sich erhängt.“

Es dauerte ein bisschen, bis die Information ihr Gehirn erreichte. Sie sah in die fragenden Gesichter ihres Teams, sah zu Gromow.

„Gerling hat Selbstmord begangen. Sich in seiner Halle erhängt. Was für eine Scheiße!“

Die letzte Nummer

Schleswig, Park vor dem „Roten Elefanten", 22. Dezember um 11.22 Uhr

Es war anders als sonst. Irgendwie hatte er sogar Sympathien für seinen letzten Fall, seine Nummer Sieben. Es schneite schon wieder, aber nur leicht. Vor dem imposanten Gerichtsgebäude in Schleswig, das alle hier nur „Roten Elefanten" nannten, stand die Bronzestatue „Der Gehenkte" vom Worpsweder Künstler Waldemar Otto. Der Ort hätte nicht besser gewählt sein können. Er streichelte den Griff seiner Ochsenkopf OX 440 H, der leicht aus seiner blauen IKEA-Tasche hinausschaute. Seinen SIXT-Mietwagen, ein silberner Mercedes Benz, hatte er kurz am Straßenrand in der Gottorfstraße geparkt. Er wusste ja, dass OLG-Richterin Marlies Zenker gleich rauskommen würde. Seit knapp drei Jahren lief der bizarre Rechtsstreit zwischen ihr und der gesamten Justiz im hohen Norden. Am 13. Januar 2015, einem Dienstag, hatte sie den Brief mit der Betreffzeile „Vorhalt und Ermahnung" vom Präsidenten des Oberlandesgerichts Schleswig-Holstein, Tom Kellinghusen, erhalten. Kellinghusen schrieb der OLG-Richterin, dass „das Durchschnittstempo bei der Erledigung von Fällen von Ihnen leider seit Jahren deutlich unterschritten wird und jenseits allergroßzügig zu bemessenden Toleranzbereiche liegt." Dies sei eine „ordnungswidrige Art der Ausführung der Amtsgeschäfte". Auf Seite zwei des Schreibens wurde der OLG-Präsident noch deutlicher: „Mit Verlaub, Frau Richterin am Oberlandesgericht Schleswig-Holstein Zenker, Sie haben sogar über Jahre signifikant weniger Verfahren als unsere Halbtagsrichter am OLG erledigt."

Für Marlies Zenker war das ein Eklat. Die Richterin sah durch das Schreiben die richterliche Unabhängigkeit in Gefahr und klagte sofort gegen das Land Schleswig-Holstein. Sie machte geltend, dass sie besonders sorgfältig gearbeitet habe: „Richter können nicht wie am Fließband nach ihrer Schlagzahl beurteilt werden." Recht sei kein Geschäft und Gerechtigkeit können nicht mit einer Stechuhr herbeigeführt werden. Der extrem strittige Fall ging vor das OLG, das versuchte den Fall mit einem salomonischen Urteil endlich zu stoppen. Aber Richterin Zenker wollte komplett entlastet werden und zog nun vor den Bundesgerichtshof. Ihm imponierte die Hartnäckigkeit der OLG-Richterin. Durch sämtliche Instanzen verteidigte sie ihre sorgfältige und gründliche Arbeit, die eben mehr Zeit benötige. Auf der einen Seite qualifizierte diese Klarheit sie für höhere Aufgaben und er könnte sie gut an seinem OOLG gebrauchen. Auf der anderen Seite waren die Vorgaben von Pieter Bruegel dem Älteren eindeutig. Acedia. Das zieht den zweiten Tod, die Höllenstrafe, nach sich. Sein Urteil stand fest: Tod durch die Axt. Aber er würde Milde in der Art der Vollstreckung walten lassen. Man muss sich ja schließlich seine Menschlichkeit bewahren. Er würde sie einfach mit der Axt von hinten erledigen.

Er schaute auf den mächtigen Backsteinbau, der vor 142 Jahren als Demonstration preußischer Herrschaft errichtet wurde. Eine enorme Leistung, die die Arbeiter zwischen 1876 und 1878 vollbracht hatten. Der „Rote Elefant" war eines der beeindruckendsten Bauwerke Schleswig-Holsteins. Für ihn war dies ein guter Ort, eine Art modernes Hünengrab. Die Aufstellung der tonnenschweren Riesensteine der Hünengräber war für die Menschen im 4. Jahrtausend vor Christi auch eine Meisterleistung gewesen. Ohne die Ausnutzung physikalischer Gesetze war das Bewegen der gigantischen Steine unmöglich. Mit Seilen zogen sie die Findlinge, wuchteten sie auf Baumstämme, die als Schienen und Rollen dienten. Die Dachsteine beförderten sie über eine angeschüttete Rampe hoch. Ein urzeitlicher Totenkult, die Menschen fühlten sich den Göttern verpflichtet, so wie er nun der Göttin der Gerechtigkeit vor dem OLG in Schleswig ein Menschenopfer bringen wird. Die tote Richterin Zenker vor dem wichtigsten Gericht im Norden, mit seiner Ochsenkopf-Axt im Rücken. Welche Symbolkraft!

Vor einigen Jahren war die Richterin Zenker vor dem Landgericht Flensburg, das für den Amtsgerichtbezirk Schleswig zuständig war, sogar wegen des Vorwurfes der Rechtsbeugung angeklagt. Der Fall war groß in den Medien. Die Staatsanwaltschaft warf ihr vor, absichtlich Hunderte von Verkehrsdelikten nicht bearbeitet zu haben, bis diese Verfahren eingestellt werden mussten. Sie sei einfach Zuhause geblieben, da sie keine Lust auf diese öden Fälle gehabt hätte. Insgesamt hätte sie 1453 Bußgeldverfahren bewusst verschleppt, bis die Fälle verjährt gewesen seien. Es ging meist um hohe Geschwindigkeitsüberschreitung oder das Überfahren von roten Ampeln, teils drohten Strafen bis zu 1.000 Euro. Zenker wies die Vorwürfe vor Gericht jedoch entschieden zurück. „Ich habe so viele Akten wie möglich weggearbeitet, mehr ging einfach nicht.“ Sie gab zwar zu, dass sie an zwei bis drei Tagen in der Woche nicht im Gericht gewesen sei, aber nur „weil ich Home-Office gemacht habe und dort deutlich länger als üblich gearbeitet habe.“ Zenker betonte zudem vor Gericht, dass auch Bußgeldverfahren äußerst sorgsam und gewissenhaft geprüft werden müssten. Das benötige einfach Zeit und ihre Arbeitsbelastung am Gericht sei ohnehin viel zu hoch. Sie hätte dies auch Ihrem Vorgesetzten mehrfach mitgeteilt, doch dieser hätte nicht reagiert. In den Medien war sie jedoch schnell als „faulste Richterin im Norden“ abgestempelt worden. Insgesamt waren Schleswig-Holstein über 315.000 Euro an Bußgeldern entgangen. Letztlich wurde der Fall Zenker wie immer abgeschlossen. Es sei kein Anfangsverdacht einer Rechtsbeugung zu erkennen, alle Unterlagen seien sorgfältig vom Landgericht Flensburg geprüft worden.

Marlies Zenker schaute aus dem Fenster auf das leichte Schneetreiben im Park vor dem Gerichtsgebäude. Es war schon 11.31 Uhr und sie hatte ihren PC runtergefahren. Endlich Weihnachten! Länger als bis 12 Uhr arbeitete sie nie. Bis zum 22. Dezember zu arbeiten war doch eh Schikane. Mit den ganzen Idioten hier am Gericht hatte sie ohnehin längst abgeschlossen. Wenn sie im Januar vor dem BGH Recht kriegen würde, dann schäumte der Schwachkopf von Kellinghusen vor Wut. Und sie würde Recht bekommen. Todsicher! Und dann wieder auf drei Tage Home-Office umsteigen. Die Richterin verschloss ihren Schrank und verließ ihr Büro. Sie ging die Treppen im Roten Elefanten hinab und in den Park. Auf Höhe der Bronzestatue „Der Gehenkte“ bemerkte sie, dass jemand ihr folgte. Sie ging schneller. Hoffentlich nicht dieser Vollidiot von Kellinghusen. Von wegen vor 12 Uhr dürfe sie nicht gehen, oder was? Die Schritte hinter ihr wurden auch schneller. Sie hörte den Atem hinter sich. Sie bekam Angst. Blitzschnell drehte sie sich um. Ihre Augen konnten das nicht fassen. Er holte mit aller Kraft aus, die Ochsenkopf-Axt war nicht mehr aufzuhalten. Zenker riss reflexartig ihre Arme zum Schutz hoch. Die Axt zerschmetterte ihren rechten Unterarm, der aber ihren Rumpf schützte. Die Richterin flog durch die Wucht des Schlages zu Boden. Der rechte Arm war komplett abgetrennt. Er blutete stark. Zenker schrie. Er holte zu einem zweiten Schlag aus und die riesige Axt durchschlug ihren gesamten Brustkorb. Er merkte, dass sie durch den Körper bis in den Boden einschlug. Zenker war sofort tot. Ihre weit aufgerissenen Augen schauten ihn direkt an. Grauen und Entsetzen in ihrem toten Blick! Ein großer Mann im schwarzen Mantel lief auf ihn zu. Er zog rasch seine Steyr-Pistole.

„Ich schieß' dich weg, du mieser, kleiner Juristen-Wichser!“

Der Mann schaute entsetzt in die entschlossenen Augen des Axt-Mörders und ging drei Schritte zurück. Er schoss eine Kugel mitten auf den Roten Elefanten. Panik machte sich breit. Alle Menschen im Park flohen in Richtung des Gerichtsgebäudes.

„Haut alle ab, ihr Nieten. Und wer sein Handy rausholt, den baller ich ab!“

Aus seiner IKEA-Tasche holte er die gebundene Ausgabe des DRiG raus, 1000 Seiten stark. So viel Zeit musste sein. Johanna Schmidt-Räntsch, 7. Ausgabe. Er legte das dicke Buch unter die Füße der weiterhin stark blutenden Leiche. Auf der gespaltenen Brust entstand ein gestauter Blut-See, aus dem der dickflüssige rote Lebenssaft in den schneebedeckten Boden lief. Eine andere Richterin lief ebenfalls in Richtung des schützenden Roten Elefanten. Er kniete sich nieder, holte wie immer seinen kleinen Zettel und das

Messer aus der Jackentasche seines Mantels und las der toten Richterin den Paragraphen 38 vor.

„Ich schwöre, das Richteramt getreu dem Grundgesetz der Bundesrepublik Deutschland und getreu dem Gesetz auszuüben, nach bestem Wissen und Gewissen ohne Ansehen der Person zu urteilen und nur der Wahrheit und Gerechtigkeit zu dienen, so wahr mir Gott helfe.“

Er legte den Richtereid auf die linke Brust der Toten. Alles war voller Blut. Es lief ihm auf seine Schuhe und in seine Hose im Kniebereich. Er fixierte den Eid mit der rechten Hand, während er mit der linken brutal das Messer durch den Zettel stieß, so dass dieser wie festgenagelt auf dem aufgespaltenen Brustkorb verblieb. Zufrieden guckte er auf sein Werk mit der in der Richterin steckenden Ochsenkopf-Axt und dem Messer im Herzen. Er schoss mit seinem Handy zwei Erinnerungs-Fotos, dann mit der Steyr-Pistole noch drei Kugeln auf das imposante Gerichtsgebäude und lief so schnell er konnte zurück zu seinem Mercedes.

Über den Gottorfer Damm und die Schleistraße fuhr er zügig in Richtung der SIXT-Mietwagen-Station. Tempo 70 bis 80, ohne besonders aufzufallen. Er hörte Polizei-Sirenen. In der Heinrich-Hertz-Straße angekommen, bog er rechts in den kleinen Weg Reimers Kolken ein. Dort stand sein Passat. Er schmiss die schwarze Perücke, die rote Brille, das Kissen, die Pistole sowie die blutverschmierte Kleidung in den Mietwagen. Mist, an ein zweites Paar Schuhe hatte er nicht gedacht. Er wischte sie so gut es ging mit der Hose ab. Eine Frau in einem weißes Seat-Alhambra fuhr auf der kleinen Straße langsam vorbei und hielt an. Er stand in Unterhose vor seinem Passat.

„Alles okay?“

„Ja, ja. Danke der Nachfrage. Ich hab mich nur ein wenig vollgekleckert.“

Die Frau fuhr weiter. Er zog sich seine neue Kleidung, einen schwarzen, eleganten Anzug, an und stieg in seinen Passat. Auf dem Beifahrersitz lag eine Kiste *Chateauneuf du Pape 2009* und ein Weinglas samt Kellnermesser. Er startete das Auto, schob „The Chopin-Album“ von Frédéric Chopin und Lang Lang in den CD-Player und schloss die Augen. Was für eine Tat. Der krönende Abschluss. Zu gerne würde er die ganzen Gesichter am Tatort sehen, sie beobachten, vielleicht sogar ein Gespräch mit einem der Juristen führen. Heute war er ein großes Risiko eingegangen. Aber das musste sein. Wer nichts wagt, der nichts gewinnt. Er lauschte der Musik und fühlte sich frei. Endlich. Nach all den qualvollen Jahren der Schande. Sein Gericht war die letzte Instanz. Die einzig richtige. Moralisch einwandfrei. Über jeden Zweifel erhaben. Der Motor des Passats heulte kurz auf, als er Gas gab. Eine Sache hatte er doch noch zu erledigen und so fuhr er nicht Richtung Autobahn.

Normalerweise dauerte es mit dem Auto vierzig Minuten von Kiel nach Schleswig. Scholz schaffte es in dreißig. Sie waren sofort benachrichtigt worden. Van Busche entschied, dass außer ihr noch Wilhelm und Gromow mitkommen sollten. Meyer und Ludwig hielten Kontakt mit den Hamburgern und sollten alles aus der „Blume“ heraus koordinieren. Sie parkten direkt vor dem imposanten alten Gebäude. Die Polizei hatte alles weiträumig abgesperrt. Nachdem sie ihre Ausweise vorgezeigt hatten, bekamen sie von der Spurensicherung die nötigen Overalls und Plastikschuhe, damit sie sich dem Tatort nähern konnten. Die Kollegen aus Schleswig waren auf Zack und befragten schon die Umstehenden, schließlich war die Tat von mehreren Personen beobachtet worden. Ein etwas älterer Hauptkommissar nahm sie in Empfang.

„Moin Frau van Busche, ich bin Jens Jensen. Aber alle nennen mich nur Jenner. Scheußliche Tat.“ Seine braune Lederjacke sah hundert Jahre alt aus und auch die Cordhose hatte schon bessere Tage gesehen.

„Hallo Herr Jensen, äh Jenner“, stammelte die Kommissarin etwas durcheinander.

„Sie haben mit dem Täter ja schon Kontakt gehabt. Was sagen Sie dazu?“ Er zeigte auf die Leiche hinter sich.

Van Busche schluckte, als sie die Axt im Oberkörper der toten Frau sah.

„Richterin Marlies Zenker. Sie verließ das Gebäude um 11:55 Uhr und ging gerade an der Statue des Gehenkten vorbei, als sie von hinten mit der Axt angegriffen wurde. Zwei Schläge und sie war tot. Danach nahm der Täter in aller Seelenruhe das Richtergesetz aus einer IKEA Tasche, legte es unter die Füße, holte den Richtereid aus seiner Jackentasche und nagelte ihn mit einem Messer fest. Und zum Schluss schoss er dreimal wahllos auf das Gebäude und verschwand zu Fuß.“

Jensen kratze sich nachdenklich an seinem grauen Haar.

„Keiner ist ihm gefolgt?“, fragte van Busche.

„Er hat wohl noch gedroht und wegen der Pistole hatten alle Angst.“

Aus dem Augenwinkel sah die Kommissarin, wie Gromow sich abwandte und mehr Interesse an den Schaulustigen zu haben schien.

„Täterbeschreibung?“ Scholz schlug ihren Notizblock auf

Jensen schaute ebenfalls auf seine Notizen.

„Schwarze gewellte Haare, rote Brille, etwas dicker, langer dunkler Mantel. So zwischen dreißig und vierzig, sagt der Zeuge, der ihm am nächsten kam.“

Wilhelm schaute zu van Busche.

„Warum hier? Wieso so öffentlich? Das passt doch gar nicht zu den vorherigen Morden.“

Die Kommissarin wandte sich an Jensen.

„Was hatte die Richterin für einen Ruf?“

„Lesen Sie keine Zeitung? Zenker galt als faulste Richterin Schleswig-Holsteins. Klagte bis zum BGH gegen diese Einschätzung. War bundesweit in den Medien.“

„Faulheit. Scheiße. Er ist fertig. Deswegen vor dem Oberlandesgericht. Die letzte der Todsünden.“ Scholz guckte genervt in die Runde.

Wilhelm nickte.

„Ja, du hast Recht. Gromows Theorie geht auf.“

Der Detektiv hatte nicht zugehört, sondern sich die ganze Zeit anscheinend mit seinem Handy beschäftigt. Van Busche bekam einen Anruf und sie trat einen Schritt zurück.

„Hallo Volker, was gibt's aus Hamburg?“

„Hallo Kathrin, in der Halle konnte nichts, absolut gar nichts gefunden werden, was Gerling mit den Taten in Verbindung bringt. Auch der Fingerabdruck passt nicht. Sorry.“

Enttäuscht beendete sie das Telefonat, um gleich noch einen Anruf zu bekommen. Diesmal Harz vom LKA.

„Hello Kathrin. Wir waren in seinem Haus in Ascheberg und haben einen Abschiedsbrief gefunden. Er gibt der

Justiz und vor allem Rotenstein die Schuld an seinem Elend. Nichts deutet daraufhin, dass er der Täter war. Sieht ziemlich schlimm aus in seiner Bude. No match unfortunately.“

„Die Tat hier kann er jedenfalls nicht begangen haben. Das stimmt wohl.“ Van Busche beendete auch das Gespräch.

An der Absperrung wurde es unruhig. Ein Polizist kam auf sie zu.

„Hier ist eine Frau, die sagt, dass sie den Täter gesehen habe. Zumindest glaubt sie das.“

Jensen und van Busche schauten sich an.

„Bring sie zum VW Bus.“ Der ältere Kommissar zeigte auf einen Wagen innerhalb der Absperrung. Kurze Zeit später saßen sie zu dritt in dem Wagen.

„Nur in Unterhose stand er da. Einfach so. Die Tür war offen. Ich konnte blutige Kleidung sehen. Vollgekleckert hat er gesagt. Als ob ich total blöd bin.“ Die Frau war vielleicht Ende Fünfzig, gut gekleidet, mit langen gepflegten blonden Haaren.

„Können Sie uns den Mann beschreiben?“, fragte die Kommissarin die aufgebrachte Frau.

„Sicher, bin ja nich blind. Kurzes dunkles Haar. Recht schlank. Zumindest dünne Beine hatte er. Ein kantiges Gesicht. Nicht klein, aber noch nicht sehr groß.“

„Das passt so gar nicht auf unseren Täter“, murmelte Jensen.

„Naja, wir wissen, dass er eine Perücke trägt. Wieso also nicht mehr Verkleidung?“ Van Busche durchsuchte ihr Handy. Schließlich hatte sie gefunden, was sie gesucht hatte. Sie zeigte der Frau das Foto von dem Mann aus dem Einkaufszentrum.

„Nicht viel zu erkennen. Aber könnte das der Mann sein?“, fragte sie.

Die Frau guckte interessiert auf das Bild. Zoomte mit zwei Fingern.

„Ja. Tatsächlich, das markante Kinn und die Nase.“

„Wir brauchen einen Zeichner und ein Wagen soll zu dem Ort fahren, wo er gesehn wurde.“

Da klopfte es an die Tür. Gromow bat um Einlass.

„Kann ich reinkommen?“

Jensen schaute zu van Busche. Die nickte und beschloss hier nicht unbedingt zu erwähnen, dass Gromow ein Detektiv war. Denn offiziell durften Nicht-Polizisten nicht an Ermittlungen teilnehmen.

„Was gibt's Alexei?“

„Ich würde der Frau gerne ein Video zeigen.“

„Ein Video?“ Van Busche blickte erstaunt zu ihrem Freund. Auch Jensen zog seine buschigen Augenbrauen hoch.

„Ja. Ich hab neulich einen Krimi von Chris Carter gelesen. Der war selbst Kriminalpsychologe in LA. Da hat er behauptet, dass Mörder häufig an den Ort des Verbrechens zurückkehren. Besonders Serienmörder. Sie brauchen die Bestätigung. Naja, und ich hab vorhin mal ein Video der ganzen Schaulustigen gemacht. Is heutzutage ja keine große Sache mehr.“

Er legte sein Smartphone vor die Frau und startete das Video. Es war etwas verwackelt und zeitweise waren auch nur Fußboden und Himmel zu sehen.

Wieder schaute die Frau aufmerksam auf die Bilder.

„Da! Das ist er. Ganz sicher!“, schrie sie laut auf.

Alle beugte sich über das Display. Gromow ließ die Bilder rückwärts laufen, dann erneut vorwärts. Schließlich drückte er Pause, als die Frau aufgeregt mit dem Finger zeigte.

„Ja, ja, ja. Jetzt hat er einen Anzug an, aber das ist er!!!"

Gromow zoomte das Bild auf und sie blickten in das entschlossene Gesicht des Mannes, den sie so lange gesucht hatten.

„Vielleicht ist er noch da." Van Busche drehte sich aufgeregt zu Jensen.

„Alexei, mach einen Screenshot und schick mir das Bild. Jensen, geben sie per Funk eine Beschreibung raus. Alle sollen unauffällig nach ihm Ausschau halten."

Als er die Aufregung dicht neben ihm an der Absperrung bemerkt hatte, beschloss er, sich zu verziehen. Das Risiko war zu groß. Trotz der Kälte trug er nur seinen Anzug. Er klappte den Kragen hoch, vergrub die Hände in den Taschen und machte sich auf den Weg. Sollte die Frau seinen Wagen gemeldet haben, dann konnte er ihn nicht mehr nutzen. Sicher ist sicher. Er war hier eh fertig. Es tat ihm ein wenig um den guten Wein leid, aber der Verlust war zu verschmerzen. Seine langen Schritte führten in schnell weg vom Tatort und Richtung Bahnhof, der zum Glück direkt um die Ecke war. Als er auf der rechten Seite einen TEDI sah, kaufte er noch schnell eine Mütze, um weniger aufzufallen. Jetzt würde er das alles hinter sich lassen.

Endspiel

Kiel und Hamburg, 22. Dezember am Nachmittag

Es hatte nicht mehr gereicht. Sie hatten mehrere Personen gefunden, die sich an den Mann erinnern konnten. Er selbst blieb unauffindbar. Wahrscheinlich hatte er sich rechtzeitig aus dem Staub gemacht. Erfolgreicher war die Suche nach dem Auto gewesen. Dort, wo die Frau den Mann gesehen hatte, entdeckten sie einen Mercedes. Dieser war ganz in der Nähe bei SIXT gemietet worden. Auf der Rückbank lagen blutverschmierte Kleidung, eine Perücke, eine rote Brille und ein Kissen. Das Blut stammte von der Richterin. Dazu überall Fingerabdrücke, die sich mit dem aus dem Volvo deckten. Allerdings waren sie nirgendwo registriert und halfen vorerst nicht weiter. Die Autovermietung nahm kein Bargeld. Das war eine Chance. Der Täter hatte mit Kreditkarte bezahlt. Dadurch hatten sie einen Namen. Hermann Höpker-Aschoff.

Am Nachmittag saß das komplette Team in der „Blume“ und trug sämtliche Informationen zusammen.

Niels Hinrichs von der Forensik eröffnete die Sitzung. Er trug noch seinen weißen Kittel und schob sich die Lesebrille zurecht.

„Das Blut auf der Kleidung ist komplett von der Richterin. Das ist bestätigt. Aber wir haben DNA Spuren an der Brille und der Perücke sichern können. Das läuft gerade durch die Datenbanken. Ich mach mir da aber keine großen Hoffnungen. Das Messer ist wie bei allen Taten von IKEA. Die Axt hatte tatsächlich noch Blutspuren von der Gutachterin, obwohl sie gut abgewischt war.

Aber in einer kleinen Kerbe war noch etwas zu finden. Es ist also definitiv unser Mann. Zur Todesursache muss ich wohl nichts weiter sagen. Das ist offensichtlich.“ Er beendete mit seiner piepsigen Stimme den Kurzvortrag und schien enttäuscht, dass er nicht mehr zu hinzuzufügen hatte.

Die Erste Kriminalhauptkommissarin nickte und schaute in die Runde. Auf dem Rückweg hatte sie mal wieder einen Anruf vom Landespolizeidirektor Liebig bekommen, der den Innenminister zitierte. „Wieso kann ein Verrückter am helllichten Tage einfach eine Richterin erschlagen und wegspazieren?“

Tatsächlich war das eine berechtigte Frage, fand van Busche. Die Straßensperren hatten nichts gebracht, die wenigen Kameras, die es dort gab, ebenfalls nicht. Im Zeitalter der Handys hatte ihn tatsächlich niemand gefilmt. Niemand hatte ihn verfolgt.

„Warum handelt er jetzt so öffentlich, hinterlässt so viele Spuren?“

Meyer, Dienstältester, ergriff das Wort.

„Er will erkannt, aber nicht gefasst werden. Sein Name soll in den Geschichtsbüchern auftauchen. Deswegen handelt er so. Es geht um sein Ego.“

Gromow saß etwas abseits und räusperte sich.

„Ich glaube, er ist hier fertig. Er hatte sieben Taten geplant. Damit is er durch.“

Gunnar Ludwig guckte von seinem Laptop hoch.

„Ich hab mich um die Kreditkarte und den Namen gekümmert. Hermann Höpker-Aschoff war der erste Präsident des Bundesverfassungsgerichts und ist 1954 gestorben. Der Typ verarscht uns. Irgendwie hat er es geschafft, unter falschem Namen ein Bankkonto zu eröffnen, um an eine Kreditkarte zu gelangen. Die angegeben Adresse stimmt ebenfalls nicht. Dort sitzt das Jugendamt Altona."

Wieder war es Gromow, der seinen Gedanken freien Lauf ließ.

„Wie ist er vom Mercedes wieder zum Gericht gekommen? Das ist definitiv zu weit, um es zu Fuß in der kurzen Zeit zu schaffen."

Wilhelm kratzte sich an der Augenbraue, wo er sonst ein Piercing hatte.

„Entweder Taxi oder er war mit dem Auto in Schleswig und hat das benutzt. Wir sollten die Umgebung danach absuchen lassen."

Van Busche blickte ihn an.

„Ja, das hört sich gut an. Kümmerst du dich bitte sofort darum?"

„Geiht los." Wilhelm verließ den Raum, um zu telefonieren.

„Was macht die Überprüfung der Volvos?", wollte die Kommissarin wissen. Aslan Schmidt zuckte mit den Schultern.

„Sieht schlecht aus, Chefin. Die Hamburger haben alle überprüft. Keiner is übrig. Nichmal einer verdächtig."

„So langsam geh'n uns die Ideen aus. Vielleicht sollten wir mit dem Foto an die Öffentlichkeit gehen." Van Busche schien etwas verzweifelt zu sein. Meyer guckte sie fragend an.

„Dann bekommen wir tausend Anrufe und vergeuden unsere Zeit. Und jeder, der auch nur so ähnlich aussieht, wird direkt gesteinigt."

„Jetzt übertreibst du aber, Thomas. Die Bevölkerung hat uns schon öfter geholfen. Außerdem haben wir nichts, was uns weiterhilft. Natürlich könnten wir mit dem Foto durch halb Hamburg rennen. Vielleicht erkennt ihn dabei jemand."

Frust machte sich in der Runde breit. Beide Optionen waren mit viel Fußarbeit verbunden und der Erfolg war nicht garantiert. Es klopfte an der Tür und Gudrun Kleine trat ein. Sie war eine der Sekretärinnen und für den Telefondienst eingeteilt. In der Hand hielt sie einen Stapel Zettel mit Notizen.

„Das sind die Anrufe der letzten Stunden. Wer möchte sie durchsehen?"

Scholz streckte ihre Hand aus und nahm die Zettel in Empfang. Während das Gespräch weiterging, blätterte sie die Papiere durch.

Mann mit Axt in Schrebergarten gesichtet.

Vorfall im Amtsgericht Pinneberg. Mann versprüht Pfefferspray.

Prügelei auf dem Campus der juristischen Fakultät

Autodiebstahl in Poppenbüttel

Reitlehrerin behauptet, ihr Nachbar hätte bis vor kurzem auch einen V70 gehabt.

Einbruch in einem Café in Altona

Scholz bekam langsam Kopfschmerzen und überlegte, ob sie irgendwo noch ne Ibuprofen hatte. Ihr Blick ging zurück zu den Notizzetteln. Vielleicht sollte sie mal die Reitlehrerin anrufen. Immer noch besser, als mit nem Foto durch Hamburg zu rennen. Sie verließ den Raum. Van Busch schaute ihr fragend nach.

Fünf Minuten später rannten sich Scholz und Wilhelm in der Tür fast gegenseitig um.

„Langsam, langsam. Is Platz für zwei", merkte Meyer an.

„Die haben einen Passat mit falschen Kennzeichen ganz in der Nähe des Gerichts gefunden“, rief der langhaarige Kommissar aufgeregt und zeigte sein Handy. Jensen hatte ihm mehrere Fotos geschickt.

„Die haben die Spurensicherung schon gerufen.“

„Haltet euch fest. Ich hab noch was Besseres.“ Scholz grinste wie das viel zitierte Honigkuchenpferd.

„Eine Reitlehrerin aus Hamburg-Poppenbüttel sagt, dass ihr Nachbar bis vor ein paar Tagen einen V70 besessen habe. Ganz plötzlich sei er auf Passat umgestiegen. Da hab ich ihr das Foto geschickt und sie hat sofort gesagt, das ist er, ihr Nachbar. Fritz Knaak.“

Stille. Niemand traute sich was zu sagen. Nur die Tastatur von Ludwigs Laptop war zu hören.

Die Erste Kriminalhauptkommissarin durchbrach die Stille.

„Hamburg soll sofort das Haus unter Beobachtung stellen, während wir Informationen zusammentragen. Wenn er wirklich abhauen will, müssen wir schnell sein.“

Ludwig pfiff.

„Fritz Knaak, 41, ist selbstständiger Steuerberater in Hamburg-Poppenbüttel. Auf seiner Internetseite gibt er an, Jura studiert zu haben. Sein Haus hat eine große Scheune. Gut auf Google Maps zu erkennen.“

„Angelica, du hängst dich ans Telefon und versuchst jemanden, an der Uni zu erreichen. Koch soll in Hamburg unauffällig die Nachbarn befragen.“ Van Busche kam in Fahrt. Sie verteilte weitere Aufgaben und hoffte auf schnelle Ergebnisse.

In den nächsten zwei Stunden füllte sich langsam das Bild von Fritz Knaak. Er hatte tatsächlich Jura studiert, war aber zweimal durchs Staatsexamen gefallen. Prüfungsangst hatte ihn angeblich in eine Depression getrieben und er hatte längere Klinikaufenthalte hinter sich gebracht. Anschließend bereitete er sich auf die Steuerberaterprüfung vor. Dies geschah per Fernstudium. Die Prüfung bestand er im ersten Anlauf und wurde schließlich als Steuerberater zugelassen. Er heiratete und kaufte das Haus in Poppenbüttel. Die Ehe verlief trotz eines Sohnes nicht glücklich und wurde nach nur drei Jahren wieder geschieden. Er verlor wegen wiederholter psychischer Probleme den Sorgerechtsstreit. Sein Sohn hatte keinen Kontakt mehr zum Vater. Er entließ alle Mitarbeiter bis auf eine Gehilfin. Sie beschrieb ihn als introvertiert, schlau und empathielos. Ihr gegenüber habe er mal erzählt, er sei im Studium das Opfer von Mobbing geworden. Er hasse alle Juristen. Sie beschlossen, noch am Abend zuzuschlagen und setzten sich in die Autos.

Erneut hatte Truppführer Buchholz das Sagen, auch wenn Stührwoldt-Vestermann das nicht wahrhaben wollte. Seine Nase sah furchtbar aus. Der Bluterguss zog sich in schillerndsten Farben über beide Wangen und die Augen. Das konnte selbst seine alberne Ray-Ban Brille nicht kaschieren. Er hatte erst einen riesigen Aufstand gemacht, weil Gromow mit vor Ort war, aber van Busche hatte sich durchgesetzt. Sie konnten nicht mit Sicherheit sagen, ob Knaak im Haus war. Es brannte Licht, aber ansonsten war alles ruhig in den letzten Stunden gewesen. Die Männer des SEK arbeiteten mit ihrer üblichen Präzision.

„Alle auf Position?“, fragte Buchholz ins Mikrofon.

„Eins fertig.“

„Team zwei ebenfalls.“

„Drei ok."
„Vier Roger."
Die Zweierteams warteten auf das Signal. Buchholz guckte zu van Busche und Stührwoldt-Vestermann, die beide nickten.
„Zugriff!"
Die Teams stürmten durch das aufgehebelte Tor. Zwei zur Scheune, zwei zum Haus. Dahinter die beiden Hauptkommissare, mit ihren Leuten. Die Waffen im Anschlag.
„Flur gesichert."
„Küche gesichert."
Sie arbeiteten sich Stück für Stück durch das Haus und die große Scheune. Nach drei Minuten war der Spuk vorbei. Van Busche hörte über ihr Headset.
„Der Vogel ist ausgeflogen. Alles leer. Aber er ist es. Kommt mal in den Keller."
Sie lief die Stufen runter, steckte ihre Waffe weg. Ein schmaler Gang öffnete sich zu einem großen Raum. Dieser sah aus wie ein großes Büro. Aktenschränke, Schreibtisch, PC und Drucker. Auf dem Tisch lagen sieben Akten, sauber beschriftet. Davor ein Grundgesetz. Auf dem Umschlag stand in handgeschriebenen Lettern:

Ihr seid zu spät!

Epilog

Heiligabend, irgendwo im Süden Deutschlands

Er schaute aus dem Fenster. Sah das wundervolle verschneite Bergpanorama und genoss Ruhe und Wärme vor dem Kamin. Sein kleines Haus stand etwas abseits oberhalb eines ruhigen Dorfes. Der Tourismus hatte in dieser Region noch nicht Einzug gehalten und so war es keine Schwierigkeit gewesen, schon vor Jahren an das Haus heranzukommen. Es war nicht zu ihm zurückzuverfolgen. Als Steuerberater kannte er genug Tricks, um die Lücken im deutschen System zu umgehen. Zumal auch Fritz Knaak der Vergangenheit anhörte. Er hatte lange Zeit damit verbracht, sich unterschiedliche Existenzen zuzulegen. Mit genug Geld konnte man in Deutschland alles kaufen. Das Feuer knisterte im Kamin und er nahm einen Schluck von seinem exzellenten Chateauneuf du Pape 2009. Es ärgerte ihn ein wenig, dass er die Kiste im Passat lassen musste. Aber auch sie war nicht mit ihm in Verbindung zu bringen. Wer nicht gefunden werden wollte, der wurde nicht gefunden. Punkt. Schließlich war er kein debiler Gewalttäter, sondern der Mann, der das deutsche Justizsystem in seiner ganzen Verdorbenheit angeklagt hatte. Sie würden noch lange an Fritz Knaak denken. Auf seine letzte Tat war er besonders stolz. Vor dem Oberlandesgericht. Am helllichten Tage. Einfach wegspaziert und noch einmal hingegangen. Wenn die Olle nicht so einen Aufstand gemacht hätte, wäre er auch noch länger geblieben. Aber so musste sein Fluchtplan eben schneller durchgeführt werden. Die anderen Taten waren mehr von Geheimnis umgeben und er freute sich diebisch, wenn er darüber nachdachte, was die

Hünengräber für Rätsel gewesen waren. Diese mystischen Orte hatten ihn schon immer fasziniert. Spätestens seit sein damaliger Kommilitone Bernd Graulich seine Examensarbeit zum Thema Norddeutschlands Großsteingräber und ihre Bedeutung bei den Kelten geschrieben hatte. Letztendlich hatte er ihnen ihre wahre Bedeutung gegeben. Gräber waren für Tote da. Also hatte er sie wieder gefüllt. Die Todsünden wiederaufleben lassen, ihnen wieder mehr Aufmerksamkeit verschafft. Das deutsche Justizwesen war bis zu den Wurzeln verfault. Im Studium hatte er noch daran geglaubt. Gerechtigkeit. Recht zu sprechen. Menschen zu ihrem Recht verhelfen. Er sah sich als Teil einer Gemeinschaft, merkte aber schnell, dass er es nicht war. Es gab nur Ellenbogen und Egoismus. Jeder dachte im Studium nur an sich. Der Druck war enorm. Schließlich fingen sie an, ihn immer mehr auszugrenzen. Bücher, die er brauchte, waren ausgeliehen. Lerngruppen wollten ihn nicht aufnehmen. Er beschwerte sich bei seinen Professoren. Die lächelten es weg und meinten nur, er solle sich nicht so anstellen oder Sozialpädagogik studieren. Nirgendwo sah er das höhere Streben nach Moral und Gerechtigkeit. Karriere und Kohle, das war die Maxime. Später lernte er Anna kennen und sah in ihr eine Seelenverwandte. Wie hatte er sich getäuscht. Zuerst lief es ganz gut. Sie bekamen einen Sohn. Anton. Aber nur kurze Zeit später ließ sie ihn für einen Familienrechtsanwalt sitzen. Einfach so. Ohne ein Wort zu verlieren. Der Rest kam schriftlich. Er verlor seinen Sohn und seinen Glauben an die Justiz. Er fiel durch die Prüfung durch. Dann ein zweites Mal. Die dunkle Zeit zog auf. Tagelang lag er im Bett, völlig antriebslos. Immer umgeben vom schwarzen Hund, der an seiner Seele nagte. Fast wäre es zu viel geworden und er hätte alles beendet. Die Therapien schlugen nur langsam an, aber irgendwie bekam er die Kurve. Er beschloss, es dem System heimzuzahlen. Da er gut mit Zahlen konnte, wurde er Steuerberater. Per Fernstudium war er nicht mehr abhängig von anderen. Die Prüfung war hart, aber er schaffte sie. Und so begann ein neuer Abschnitt, in dem sein Plan reifte und reifte, wie ein ausgezeichneter Wein. Er wollte nichts überstürzen und ließ den Wein weiter reifen. Er setzte Ideen um, las viel über die Justiz und seine schwarzen Schafe. Baute sich weitere Existenzen auf, arbeitete und verdiente gutes Geld. Fast hätte er alles sein gelassen, doch dann häuften sich die Berichte über Korruption, Filz und Skandalurteile. Und sein Hass wuchs wieder, wurde immer größer, je mehr er darüber las. Schon bald hatte er mit Rotenstein und Salz zwei prominente Juristen, die regelmäßig in der Presse waren. Ging es bei ersterem nur um den Rechtsanwalt und seinen Hochmut selbst, war bei Salz offensichtlich, dass sie Rechtsbeugung in schlimmen Maßen beging. Dass Menschen Fehler machten, damit konnte er leben. Diese aber vorsätzlich zu begehen, passte mit nichts zusammen, was ihm wichtig war, was seinen moralischen Grundsätzen entsprach. Noch schlimmer fand er aber, dass höhere Instanzen dem nicht Einhalt geboten. Die Kontrollfunktion im deutschen Justizwesen versagte und so beschloss er, das OOLG ins Leben zu rufen. Irgendwer musste die Justiz zur Besinnung bringen. Zu dem zurückführen, was sie einmal war. Die dritte Säule der Gewaltenteilung und nicht deren Erfüllungsgehilfe. Er wusste, dass sein Plan radikal war, aber wenn es nur so ging, dann musste es eben so sein. Er wollte, dass ein Aufschrei durch die Gerichtsbarkeit ging, eine Angst sich breit machte. Darauf sollte ein Neustart folgen, der sich wieder am Grundgesetz orientierte, die Würde des Menschen achtete. So wie es die Gründungsväter gewollt hatten. Diesem Ziel war er einen Schritt nähergekommen.

Er trank einen weiteren Schluck des köstlichen Weins, blieb mit seinem Blick an der verschneiten Winterlandschaft vor seinem Fenster hängen, dachte an Heiligabend. Hatte Jesus sich nicht auch selbst geopfert? Dazu war er bereit. Es war die neue Aufgabe seines Lebens, die ihm die Göttin der Gerechtigkeit aufgetragen hatte. Wenn sie es jetzt nicht begriffen hatten, dann vielleicht beim nächsten Mal. Er schaltete sein Notebook an und ging auf seine Lieblingsseite. Mal schauen, welche interessanten Fälle es hier in Bayern und in Baden-Württemberg so gab …

Über das Autorenteam:

Rüdiger Fröhlich, 1968 in Hamburg geboren. Er studierte in Kiel Sportwissenschaften, Pädagogik und Psychologie und arbeitet heute als Journalist. „Justiz“ ist sein vierter Thriller, den er gemeinsam mit Jörn Hinrichsen schrieb. „Gib Gas!“ kam im vitolibro-Verlag heraus, „Der Pate von Jeju-Island“ und „Dunkle Geheimnisse“ sind bei „Books on Demand“ veröffentlicht worden.
Jörn Hinrichsen, 1968 in Berlin geboren, wuchs in Hamburg auf und studierte in Kiel Deutsch und Sport auf Lehramt. Seine Examensarbeit schrieb er zum Thema Kriminalliteratur. Er ist verheiratet, hat einen Sohn und eine Tochter und lebt in der Holsteinischen Schweiz, wo er in Plön als Lehrer tätig ist.
Rüdiger Fröhlich und er lernten sich im Studium kennen und teilten sich die erste Wohnung.

Spannende Ostsee-Krimis aus dem Boyens Buchverlag

ISBN 978-3-8042-1402-6

ISBN 978-3-8042-1378-4

ISBN 978-3-8042-1432-3

ISBN 978-3-8042-1503-0